LEBUS

Ein Ortsporträt

Anne Hahn

CULTURCON medien

Impressum

ISBN 978-3-944068-96-1

Die Deutsche Nationalbibliothek verzeichnet diese Publikation in der Deutschen Nationalbibliographie, detaillierte bibliographische Daten sind im Internet unter http://dnb.d-nb.de abrufbar.

Verlag CULTURCON medien
Inh.: Bernd Oeljeschläger

Melanchthonstraße 13, 10557 Berlin
Telefon 030/34398440

August-Bebel-Str. 46, 16816 Neuruppin
Telefon 03391/5104771

www.culturcon.de

Redaktion
Bernd Oeljeschläger

Gestaltung
Kathrin Strahl, Berlin

Druck
Elbe Druckerei, Wittenberg

Berlin / Neuruppin 2021

Inhalt

Vorweg

Im Februar 2021 spazierte ich durch Lebus, schon seit zehn Jahren besuche ich regelmäßig die kleine Stadt an der Oder. Aber in diesen Tagen war auf einmal alles anders. Lebus lag – wie seinerzeit die übrige Welt – wegen der Corona-Pandemie in einem unfreiwilligen Dornröschenschlaf. Ich fotografierte die vereisten Oderwiesen, den menschenleeren Damm und Ende März die ersten Adonisröschen, ohne dass mir ein Tourist begegnete. Es war zauberhaft und gespenstisch zugleich.

Zu dem Zeitpunkt kam dem Verlag CULTURCON *medien* die Idee, eine neue Buchreihe über kleinere Städte im Land Brandenburg ins Leben zu rufen. Der erste Titel, hier kam ich ins Spiel, könnte die ehemalige Bischofsresidenz an der Oder werden – Lebus. Ich fahre mehrfach im Jahr nach Lebus, um hier zu arbeiten, Artikel und Bücher zu schreiben, um zu wandern und zu schwimmen, um am Lagerfeuer zu sitzen, unter Sternschnuppen und Vogelschwärmen. Und um dem Pirol, dem Wiedehopf und der Waldohreule zu lauschen, um Glühwürmchen zu bewundern und Mücken zu verfluchen. Ich fühlte mich vom ersten Moment an zu Hause in Lebus, denn es gibt hier eine ähnliche Landschaft wie in meiner Kindheit – ich bin an der Elbe aufgewachsen.

Was hat es nun mit Lebus auf sich, wer hat hier gelebt und wer hat welche Spuren hinterlassen? Wie lebt es sich heute in Lebus, was gefällt den Menschen an ihrer Stadt, was vermissen sie? Ich zog los, suchte und fragte Menschen, die in Lebus aufgewachsen sind, die hergezogen oder wiedergekommen sind, die hier arbeiten oder ihre Rente verleben, kurzum, die mir etwas über Lebus erzählen wollten. Ich habe ihre Geschichten aufgeschrieben. Zu dem Bild, das aus ihren Erzählungen entstanden ist und zu den Bildern aus ihren Archiven und Alben habe ich meine eigenen aus dem Jahr 2021 hinzugefügt. Deswegen ist dieses Buch auch kein klassischer Reiseführer oder eine herkömmliche Ortsgeschichte, sondern ein etwas anderer Band, in dem die Protagonisten auf authentische Weise zu Wort kommen. Und dies im wahrsten Wortsinne, denn ich habe die Gespräche aufgezeichnet und sie selektiv transkribiert, sie also in der Sprache der Gewährspersonen wiedergeben. Mir waren die Gedanken meiner

Lebus im Februar, Oderwiesen am Pletschenberg.

Gesprächspartner, ihre Erklärungen und Erinnerungen an bestimmte Zusammenhänge, der direkte Weg zu den Menschen sowie manch verschlungener Pfad durch Lebus wichtig. Für die Offenheit meiner Gesprächspartner und ihre spürbare Begeisterung für Lebus danke ich allen Beteiligten sehr. Meiner Freundin und Kollegin Annett Gröschner sei für ihre Anregungen und ihre Lebus-Leidenschaft gedankt, meinem Lebenskomplizen Frank Willmann – für alles!

Kirschallee

Wer Lebus mit dem Rad oder zu Fuß von Süden erreicht, wird auf den Reit- und Pensionsstall *Birkenhof* treffen, über dessen Pferdekoppel sich ein weiter Ausblick auf die Oder und das polnische Lebuser Land bietet. Hier beginnt die *Kirschallee*. Sie liegt auf einem Jungmoränenhöhenzug parallel zur *Frankfurter Straße*, der Fernverkehrsstraße B 112, die von Frankfurt zur Bundesstraße 1 (Berlin-Küstrin) führt. Sie wurde Anfang des 20. Jahrhunderts angelegt, als die großflächigen Grundstücke für den Gartenbau zu günstigen Konditionen an Siedler verkauft wurden. Die Siedlungsgesellschaft „Eigene Scholle", 1910 in Frankfurt (Oder) gegründet, entfaltete ihre ersten Aktivitäten im Umfeld der Stadt Lebus. Zahlreiche Familien kamen in der Hoffnung auf eine bessere Zukunft nach Lebus und ließen sich hier nieder. Auch ein modernes Wasserwerk mit Wasserturm wurde an der *Kirschallee* errichtet. Die in ihren Grundelementen gleichen Siedlungshäuser bestimmen noch heute den Charakter der von Kirschbäumen gesäumten, breiten Straße, die bis zur *Straße der Freiheit* tief in den Ort hineinreicht. Mittendrin liegt ein Siedlungshaus in behutsam restaurierter Originalverfassung, das als Pension betrieben wird. Die Wirtin Antje Köhne erzählt.

Antje Köhne, Jahrgang 1969

„Lebus hat immer zu meinem Leben gehört"

Das erste Mal war ich 1969 hier im Haus, noch im Bauch meiner Mutter. Wir lebten in Frankfurt (Oder) und waren regelmäßig in Lebus, meine Mutter war mit dem Haus sehr verbunden. Besonders gut erinnern kann ich mich an die Schulferien, die wir oft hier verbrachten. Kennengelernt haben sich unsere Familien in Frankfurt an der Erweiterten Oberschule. Mein Opa war dort Anfang der 1950er Jahre Musikschullehrer. Onkel Eckhart war Latein- und Zeichenlehrer an der EOS in Frankfurt und an den Oberschulen in Lebus und Podelzig. Hier in der *Kirschallee* lebten Tante Gunte, deren Eltern das Haus 1920 gebaut haben, und ihr Mann, Onkel Eckhart. Meine Mutter war schon als kleines Kind oft hier. Als meine Oma gestorben ist, war meine Mutter erst zwölf Jahre alt und Tante Gunte hat nach dem Tod meiner Oma gesagt, wenn Opa mal was passieren sollte, würden sie die Vormundschaft für die Kinder übernehmen. So verbunden waren wir miteinander, das war eine Verabredung.

Tante Guntes Mutter hatte bei Jungclaussen in Frankfurt Gartenbau gelernt und später in Potsdam Sanssouci in der Orangerie gearbeitet, sie interessierte sich stark für Obstbau und kam mit ihrem Mann, der als Lehrer für neue Sprachen in Frankfurt arbeitete, 1917 nach Lebus. Jungclaussen hatte eine große Gärtnerei in Frankfurt und eine Zweigstelle in Lebus.

H. Jungclaussen Baumschule, Samen-Kulturen und Stauden: 1884 gegründetes Unternehmen Heinrich Jungclaussens in Frankfurt (Oder), umfasste 450 preußische Morgen Anbaufläche. Verkaufs- und Versandhandel (Samen), Vorwerke in Frankfurt, Booßen – und Gut Elisenheim in Lebus.

Guntes Mutter bekam 1917 eine Förderung für die eigene Scholle, den Brief hatte ich mal in der Hand, der bestätigt, dass sie einen Kredit aufgenommen hatte. 1917 hat sie das Grundstück gekauft, das Haus wurde 1920 gebaut. Der gesamte Bereich *Kirschallee* ist nach dem Ersten Weltkrieg entstanden, vorher war das Ackerland und gehörte der Domäne. Die Häuser aus der Bauzeit sehen alle gleich aus, die Gärten hat sich jeder selbst gestaltet. Guntes Eltern erwarben vier Morgen Land und legten den Garten nach Karl Foerster an, das war ein Gartenphilosoph und Staudenzüchter, der eine bestimmte Reihenfolge von Frucht empfahl. Bis zum Oderhang war das Grundstück als Garten und Rasen gestaltet, es gab einen Teich und eine Laube. Beim „Rigolen“ (Regenwasserrinne anlegen) im Garten entdeckte Guntes Mutter Anfang der 1920er Jahre eine Grabstelle, die wurde wissenschaftlich untersucht. Am Ende waren es drei verschiedene Kulturen aus der Frühgeschichte, die hier gefunden wurden, unter anderem eine ostgermanische Rugierin, deren Skelett fast zweitausend Jahre alt war. Das war schon etwas Besonderes, die Fundstücke wurden nach Frankfurt ins Museum gebracht.

Das Haus in der *Kirschallee* wurde erstmal als Gärtnerei geführt. Hauptsächlich wurden Erdbeeren und anderes Obst verkauft. Später kamen die Tiere dazu, ich habe Briefe gefunden, in denen Tante Gunte sich gerechtfertigt hat, dass sie nicht genug Milch abgeben konnte, weil die Ziege gestorben war. Ziegen und Kaninchen hatten sie und nach den Ziegen kamen die Schafe, aber erst in den 1950er Jahren. Nach dem Krieg musste jeder, der Land hatte, sein Soll abgeben. Wer das nicht geschafft hatte, bekam ziemlichen Ärger.

Die Erwerber der Grundstücke der „Eigenen Scholle“ konnte man in zwei Gruppen einteilen, wie Gunte Tietze im Sommer 2000 Manfred Hunger in einem Interview erzählte: „Erstens die, die ein Grundstück von zehn Hektar Fläche erwarben und damit ihre Familien ernährten. Sie wurden von den Lebusern als „Sack-Lebuser“ bezeichnet, weil viele von ihnen mit dem Rucksack auf dem Rücken nach Frankfurt zur Arbeit gehen mussten, um ihren Lebensunterhalt zusätzlich abzusichern. Ihren Kindern wurde von den anderen Kindern nachgerufen: „Schollenbruder – armes Luder“. Zweitens die anderen, die einen Hektar erwarben und im Allgemeinen bessergestellt waren, ihre Einkünfte aus einer Profession bezogen und das Land als Garten und zur Freizeit nutzten.“

Tante Trude, Guntes Mutter, hat den Garten angelegt, wie er zum Großteil noch vorhanden ist – viele der Bäume, Reste von Frühbeeten und die Wegeführung. Hinten im heutigen Wald waren wohl mal Weinberge angelegt, auf der Südseite, aber der Wein von Lebus soll nicht so schön gewesen sein. Zu sauer. Das Grundstück ging bis zum Hang und auf der rechten Seite den ganzen Hang runter. Hinter der Wiese haben wir selbst mal gesondelt, um zu gucken, was da noch an Munition liegt. Zum Glück haben wir nichts gefunden. Nachbars haben, wie es überall in Lebus passiert, wenn Grundstücke erschlossen werden, noch drei Leichen gefunden. Sowjetische Soldaten. Die wurden auf dem russischen Friedhof, den sie jetzt so schön neu gemacht haben, bestattet.

Es wird immer noch viel gefunden. Wenn man in Lebus ein Grundstück erschließt, muss immer erst alles abgesucht werden, weil noch so viel in der Erde liegt. Jetzt ziehen wieder mehr Leute aufs Land, Lebus ist ganz gut erschlossen, hat eine Schule, zwei Läden, Bäcker, Apotheke und Ärzte. Die Anbindung nach Frankfurt oder Seelow ist relativ komfortabel für eine draußen gelegene Stadt. Und Frankfurt ist teurer, hat nicht so viel Baufläche. Es sind viele Leute in meinem Alter, die jetzt neue Häuser bauen. Ich denke, viele Lebuser wollen heute lieber Land verkaufen, als Land besitzen. Durch die Bewegung „Eigene Scholle" gab es hier vor allem große Gärten, die will ja keiner mehr bearbeiten. Die Leute, die die Gärten gemacht haben, sind älter und die Kinder wollen es nicht mehr. Das ist Arbeit und Verantwortung – und wenn man das Land verkauft, hat man wenigstens noch das Geld. Es ist Stadtland, liegt im Bebauungsplan und ist deshalb Bauland. Die Grundstücke werden verdichtet, wir könnten auch ein Stück als Bauland verkaufen und ein Haus dazwischen bauen, aber das kommt gar nicht in die Tüte!

„Wenn man in Lebus ein Grundstück erschließt, muss immer erst alles abgesucht werden, weil noch so viel in der Erde liegt."

Guntes Eltern sind hier auf dem Grundstück begraben, unter dem Findling. Bei ihrem Vater wurde das genehmigt, er durfte Anfang der 1930er Jahre offiziell bestattet werden, ihre Mutter starb direkt nach dem Krieg. Tante Gunte und ihre Schwestern hatten selbst keine Kinder, ihr Bruder Hartwig ist irgendwo am Dnepr verschollen im Krieg. Vermutlich ist er gefallen, sie hatten übers Deutsche Rote Kreuz nachgeforscht, irgendwann kam eine Urkunde. Er hatte zuletzt noch Samen einer bestimmten Zilla-Sorte im Brief hergeschickt vom Dnepr, das war seine letzte Botschaft. Die kommen hier im Garten jedes Frühjahr und heißen bei mir Dnepr-Blumen. Tante Gunte hatte drei Schwestern und den einen Bruder. Guntes Schwester Friedegart ist an Typhus gestorben, Tante Linde hat noch ein paar Jahre die Gärtnerei betrieben und ist nach ihrer

Das Haus in der Kirschallee einhundert Jahre nach seiner Erbauung.

Hochzeit 1951 nach Jülich gezogen. Von den drei Schwestern hat eine gar nicht geheiratet, weil ihr Freund im Krieg geblieben ist und die anderen beiden haben keine Kinder gekriegt. Wir wissen nicht, warum. Vielleicht hing es mit den Vergewaltigungen zusammen.

Zuerst sind alle evakuiert worden, Tante Gunte ist mit dem Fahrrad durch Berlin bis nach Lüneburg, die anderen woanders hin und als sie zurückgekommen sind, ist es passiert. Das ist ein Thema, das eher totgeschwiegen wurde. Das hat man hintenrum mitgekriegt, wie die Geschichte, dass sie hier Munition einsammeln mussten. Hinten im Garten wurde die Munition erstmal in den Komposthaufen reingeworfen, dort war ja schon eine Grube. Und da hat der Kommandant gesagt: „Das soll die alte Frau machen, die jungen brauchen wir noch." So habe ich das rausgehört, sie selbst hat das nie erzählt.

„Lebus war beinahe komplett zerstört."

Lebus war beinahe komplett zerstört. Das Haus hat es relativ gut überstanden, eine Granate war eingeschlagen, die Spuren sah man noch jahrzehntelang an den Ausbesserungen. Die Obdachlosen, deren Häuser ganz zerstört waren, wurden auf die bewohnbaren Häuser verteilt. In der *Kirschallee* haben die Meissners im Keller gewohnt, eine Familie mit vier Kindern und einem Opa, der hier gestorben ist. Familie Österreich wohnte oben und Luhmanns haben unten in der Stube geschlafen. Als Friedegart an Typhus gestorben ist, waren die beiden anderen Schwestern nicht hier. Gunte bekam auch Typhus und eigentlich waren alle verpflichtet, ihre Typhuskranken nach unten in die Kirche zu schaffen. Das war das Lazarett, wo Friedegart starb. Und Mutter Luhmann hat gesagt: „Meine große Tochter schick ich nicht auch noch da runter, die pflege ich allein gesund." Also haben sie es verheimlicht und Gunte wieder aufgepäppelt – und sie hat ja dann noch lange gelebt.

Weil Eckhart und Gunte keine Kinder hatten und wir der Familie nahestanden, haben wir nach Tante Guntes Tod das Haus übernommen. Ihre Schwester wohnte in Jülich (die andere Schwester wohnt jetzt auch dort). Sie hat zwei Adoptivkinder, aber durch die deutsche Teilung war klar, dass es jemand bekommt, der hier vor Ort ist. Ohne irgendwelche Auflagen. Damit es nicht aufgelöst wird, haben meine Mutter und ich das Haus geerbt. Seit Januar dieses Jahres gehört es mir ganz. 2005 ist Tante Gunte gestorben und wir wollten das Haus so erhalten, weil ja schon früher viele Gäste hier waren. Das Haus bedeutet: Gäste. Darin wohnen wollte ich mit meiner Familie nicht, weil wir schon das andere Haus in Lebus hatten. Direkt an jemanden vermieten, wollten wir auch nicht, weil

Aus der Interviewniederschrift von Manfred Hunger: „Zum Bahnhof Lebus fuhr ein Omnibus des Busunternehmens Jäger. An der Haltestelle war ein zweiseitig beschriebenes Schild. War der Bus noch nicht durch, las man auf dem Schild: „Bus zum Bahnhof kommt noch!" War der Bus schon gefahren, konnte man lesen: „Bus zum Bahnhof ist durch!" Nach 1945 hat jemand das Schild wieder aufgehängt mit der Seite: „Bus zum Bahnhof kommt noch!" Als Frau Tietze diese kleine Aufschrift eines Tages nach dem Krieg las, sei sie sehr gerührt gewesen und habe trotz all der Schwere des damaligen Lebens für die Zeit eines Tages bis zum Abend Hoffnung geschöpft."

dann so viel verändert werden würde. Dann habe ich gesagt, machen wir eben eine Pension daraus, damit es so viel Geld einspielt, dass das Haus erhalten bleiben kann. Das war von Anfang an meine Idee. Ich wollte keinen Dauermieter drin haben, der alles anders macht, als ich es schön finde.

Wichern Diakonie Frankfurt (Oder): Schon 1903 wurde in Frankfurt ein Fürsorgeheim der Frauenhilfe gegründet, nach 1945 kamen geistige behinderte Menschen hinzu, nach 1989 erweiterte die Diakonie Wichern ihr Angebot um Suchthilfe, Gemeindepsychiatrie, Kinderbetreuung, Schuldnerberatung, Hauskrankenpflege und Hospizarbeit. Die nach Johann Hinrich Wichern (1808-1881) benannte Diakonie verpflichtet sich auf bestimmte Grundsätze des missionarisch-diakonischen Handelns. Wichern war Gründer des „Rauhen Hauses" in Hamburg und des Johannisstifts in Berlin. Er reformierte die preußische Jugenderziehung und die Arbeit mit Strafgefangenen. Heute ist die Wichern Diakonie einer der größten Arbeitgeber im Raum Frankfurt/Słubice.

Nach Lebus gezogen bin ich im Dezember 1997. Wir haben nicht explizit in Lebus gesucht, haben aber Annoncen angeschaut, unser Haus gefunden und uns hier niedergelassen. Weil wir zu viel Geld übrighatten und Langeweile (*lacht*). Ich habe Krippenerzieherin in Frankfurt gelernt und gar nicht so lange darin gearbeitet, nach der Wende sind wir ja nach dem Sozialplan abgebaut worden. Viel zu viel Erzieher, viel zu wenig Kinder. Bis 1993 habe ich bei Krippens gearbeitet, dann war ich arbeitslos. Ich habe zwei Jahre in Fürstenwalde ein Studium gemacht zur Heilpädagogin. Danach habe ich bei Wichern angefangen und seitdem arbeite ich dort.

Dass einige der Sommergäste in meiner Kindheit aus dem Westen kamen, hat man erst nicht gemerkt. Die waren schon ein bisschen anders, irgendwie „verspleenter". Hatten andere Ideen vom Leben, während es bei uns nur Schule, Lehre, Arbeiten hieß. Und sie fanden den Kommunismus gut, wo ich dachte, naja. Schön, sie haben sich Marx- und Engels-Bücher gekauft und ich dachte, sind die doof. Wir haben uns jeden Sommer gesehen und hier im Haus war es gar nicht wichtig, wer verwandt war und wo herkam. Der Unterschied war nur: Die Westdeutschen mussten nach Seelow fahren zum Umtauschen und Anmelden. Eine Zeitlang gab es auch bei meinen Eltern ein Hausbuch, darin musste man jeden Besuch eintragen. Das war mir komisch.

In der *Kirschallee* war jeder Gast – egal, ob es der Steinklopfer mit Alkoholhintergrund war oder die Malerin mit Alkoholhintergrund oder ohne. Aber getrunken wurde hier nüscht! In den ganzen Jahren stand nur Alkohol zum Backen bereit, der Rum für Weihnachten und Underberg. Die Gäste haben nichts getrunken. Erst sehr viel später, als Tante Gunte alt war und ich sie pflegte, da haben wir mal eine Flasche Wein getrunken. Ich habe hier auch lange Probleme gehabt, mal am Tag ein Bier zu trinken. Das hat nicht in meine Weltordnung gepasst, das hat nicht hergehört.

Im Sommer waren oft zwanzig Leute da, es war immer Betrieb. Im Winter fühlte man sich auch wohl, aber da war man allein, das war wieder ein ganz anderes Erlebnis. Im Sommer war Gewusel, man hat hier auf dem Hof gespielt, *Meister, Meister, gib uns Arbeit, Länderklauen, Krocket* und was weiß ich. Vormittags wurde gearbeitet und nachmittags wurde gespielt. Tante Gunte hatte einen guten Blick dafür, wer was gut machen konnte und hinterher ein Erfolgserlebnis hatte. Mein Bruder konnte besonders gut Kartoffeln buddeln, ich habe meistens die Küche gemacht, aber man musste auch im Garten ran. Jeder nach seinen Fähigkeiten. Unkraut jäten durfte nicht jeder, weil nicht jeder das Unkraut unterscheiden konnte. Frühstück war um acht, um zwölf gabs Mittag, um drei Kaffee, um sieben Abendbrot. Das war immer so, das war so schön verlässlich. Man hat sich durch diese Regeln total erholt. Man ist auch pünktlich schlafen gegangen, meistens. Naja, eigentlich nicht, ich habe dann noch bis um drei gelesen. Ich habe hier sehr viel gelesen. Es gab nie einen Fernseher, Radio wurde auch nur zu bestimmten Zeiten angemacht. Klavier wurde gespielt, das muss ich mal wieder stimmen lassen. Hausmusik gab es viel und zu Geburtstagen wurden Programme eingeübt und aufgeführt.

Tante Guntes Geburtstag war immer ein großes Fest, hach, und die Post-Elisabeth – es gab ja noch Telegramme – hat die gesammelt und wollte sie hier alle zum Geburtstag überreichen, sie fand das eine tolle Idee. Tante Gunte war immer völlig entnervt, weil sie wusste, wer ein Telegramm schickt, der kommt nicht als Gast – also konnte sie gar nicht einschätzen, wer nun alles noch kommen würde. Zum Geburtstag waren immer dreißig bis vierzig Leute da. Ganz früher hat eine Frau Schulz aus dem Ort mitgeholfen, es sind ja alle Hochzeiten hier gefeiert worden,

Antje Köhne im Wohnzimmer der Pension.

das war schon vor dem Krieg so. Geburtstage wurden mit den vertrauten Gästen gefeiert, jeder hat was mitgebracht, das war ein eingespieltes Team. Viele Gäste kamen jahrelang. Vor drei Jahren haben wir hier ein Jubiläum gefeiert, da waren wir 118 Leute – alle, die sich der *Kirschallee* verbunden gefühlt haben in ihren Kindheits- und Jugendtagen.

Viele sind durch Onkel Eckhart hergekommen, er hat in seiner Schule immer gesagt, „wenn ihr am Wochenende nichts zu tun habt, könnt ihr ja mal nach Lebus kommen". Und er hat Leute eingeladen, die Interesse an seinem Unterricht hatten. Hier wurde immer gemalt, gebastelt, getöpfert. Max Heilmann war ein Frankfurter Maler, es hatte sich mal rumgesprochen, dass wir Bilder von ihm haben im Haus. Die Enkeltochter wohnt noch in Frankfurt, es kamen welche von der Viadrina und haben gefragt, aber für die Ausstellung war es zu kurzfristig. Max Heilmann war öfter hier, *Vatter Heilmann holt die Klampfe raus*, steht auf einem Hochzeitsfoto von Gunte. Tante Linde hat die Fotos mal aufgearbeitet und mit Namen beschriftet. Dafür bin ich ihr sehr dankbar. Besonders waren die Bilder von Manfred Neumann, zwei Bilder hängen in Eckharts Stube. Die Originale sind leider verschwunden, die waren mal in Neuhardenberg ausgestellt. Onkel Eckhart sieht sehr entspannt aus auf dem Bild und Tante Gunte genervt. Wenn man sich vorstellt, wie viele Feriengäste hier waren, sie hatte ständig was zu tun! Wir waren immer zu fünft da, insgesamt vielleicht so fünfzehn Leute, da musste das Essen um zwölf auf dem Tisch sein. Und um drei gab es schon wieder Kaffee. Außer am Montag, denn der Bus mit den „edlen Tanten" kam 15.01 Uhr in Lebus an und es gab erst um 15.15 Uhr Kaffee. Tante Gertrud und Tante Lenchen wurden „edle Tanten" genannt, sie wurden vom Bus abgeholt, um 17 Uhr fuhren sie wieder zurück.

Es war sehr durchmischt, warum Leute hergekommen sind. Es gab welche von ganz früher, wo schon die Großeltern vor dem Krieg hier waren und sich mit rumgetummelt haben. Guntes Mutter hat Hausmädchen ausgebildet, es kamen von Anfang an viele Leute her.

Haus Kirschgarten mit Hauslaube von der Gartenseite aus.

Niklas Luhmann müsste ein Cousin von Tante Gunte gewesen sein, der war öfter mit seinen Söhnen hier. Ich habe ihn kennengelernt, aber ich wusste nicht, dass er was Besonderes war. Er musste auch abwaschen, wie jeder andere. Aufregend waren wohl die Dreharbeiten zu *Katja Ebstein unterwegs in der DDR*. Das Fernsehen hatte ein Haus gesucht, und irgendjemand hat die *Kirschallee* vorgeschlagen, weil die Hauslaube und der Garten so gut dazu gepasst haben. Und Katja Ebstein hat sich auf dem grünen Sofa ausgeruht in einer Drehpause, sie ist damals für die Reihe mit dem Fahrrad durch Brandenburg gefahren und war 1986 einen Tag hier, es wurde vor der Hauslaube gedreht.

„Allen war klar, dass dieses Haus in der Kirschallee etwas Besonderes war."

Wenn man alte Lebuser trifft, schwärmen die ja immer noch über das Haus und den Hof, dass man hier durchlaufen durfte und Kirschen essen und über die große Kastanie. Manche kommen heute wieder und sagen: „Boah, das ist ja noch da! Nur die Kastanie fehlt." Allen war klar, dass dieses Haus in der *Kirschallee* etwas Besonderes war. Tante Gunte und Onkel Eckhart waren anders als normale Leute, jeder konnte zu ihnen kommen.

Für mich ist es immer auch ein Haus der Erinnerungen. Jeder hat so seine eigene Erinnerung, mich binden Gerüche ganz doll an dieses Haus. Wenn lange keiner da ist, dann kommen die alten Gerüche wieder. Das ist ganz komisch. Wir haben alles umgebaut, die Wände und den Putz neu gemacht, aber trotzdem sind sie manchmal da, die Gerüche, an die man sich erinnert.

Unsere Badestelle ist immer noch die Alte Oder. Ein schöner Sandstrand, obwohl früher mehr Sand da war. Wir sind den Berg hoch und runter gerannt, da konnte nichts wachsen. Man konnte runterrollen oder von ganz oben ins Wasser rennen und wunderbare Murmeln machen. Das ist der beste Sand, um Kugeln zu formen und Bahnen zu bauen. Der hat so eine Dichte, das habe ich an keinem anderen Strand so gut hingekriegt wie hier. Früher wurde mehr gebadet, jetzt fahren die Leute eher nach Zeschdorf, weil man ja motorisiert ist. Da gibt's auch Pommes.

Die Badestelle an der Alten Oder vor einem halben Jahrhundert.

Meine Kinder durften auch hier schwimmen lernen, in der Oder. Und die Gäste des Hauses auch. Am Vormittag wurde gearbeitet und nachmittags durfte man an die Oder gehen. Da wurden Brötchen geschmiert mit Butter und Salz, Wasser oder Tee mitgenommen, ein paar Äpfel, alles auf den Bollerwagen, dann ist man los. Mit dem Bollerwagen außen rum, die anderen sind durch den Garten. Früher waren mehr Leute aus dem Ort unten. Da haben sich Banden gebildet und man hat schon ein Auge geworfen auf irgendwelche hübschen Jungs, die ollen Dorfbengels. Das gehört dazu, wir waren ja aus der Stadt. Und es war ein ungeschriebenes Gesetz, wenn man es geschafft hatte, ohne Begleitung die Alte Oder zu durchschwimmen, dann hatte man die Schwimmstufe und durfte auch allein zur Oder. Vorher durfte man nur mit Erwachsenen runter.

Lebuser Badeanstalt nahe des heutigen Anglerheims, 1938.

Von siebzehn bis neunzehn war ich nicht so oft hier, mit der Arbeitslosigkeit kam das Anfang der 1990er Jahre wieder. Mein Charly war auf Montage und ich dachte, ach, dann fahr ich eben nach Lebus. Dadurch hat sich das entwickelt, dass ich die Stütze wurde. Ich war zwei- bis dreimal die Woche hier, hab den Garten mitgemacht und es hat sich später so entwickelt, dass ich die Pflege übernommen habe. 1997 sind wir nach Lebus gezogen, da ging es Tante Gunte noch gut. Als es ihr schlechter ging, war ich fast täglich hier. Ich bekam drei Kinder und hatte mit der Elternzeit ganz gut Zeit für sie.

Die Badestelle an der Alten Oder heute.

Das erste Mal, als sie gestürzt war, habe ich mit Wilm, der ein Baby war, und mit der Großen drei Monate hier im Haus gelebt. Ich mit den beiden Kindern, Charly war zu Hause, da habe ich ihm ganz schön was zugemutet. In dieser Zeit hat Charly eine Heizung eingebaut, vorher gab es nur Ofenheizung. Tante Gunte haben wir nach unten in die Stube verfrachtet, sie musste alles von Grund auf neu lernen. Das war ein Schlaganfall, später ist sie nochmal gefallen, da lebte ich mit allen drei Kindern ein Dreivierteljahr hier. Immer wochenweise, von den Gästen wurde ich mal für zwei, drei Tage abgelöst. Das war sehr intensiv, vor allem für meine Kinder. Die haben alle drei eine enge Beziehung zum Haus. Meine Jüngste, Laura, hat mir schon gesagt, sie möchte es mal nicht haben, weil sie so darauf aufpassen müsste, die Erinnerungen nicht zu verändern. Wenn man hier wohnen würde, hätte man so viel Verantwortung. Ich weiß nicht, ob es für die Kinder erschreckend war, eine alte Frau zu pflegen, sie waren ja immer dabei. Wir haben um Tante Gunte herum unser einigermaßen normales Leben geführt. Alle, die gekommen sind und gesehen haben, wie meine Kinder um sie herumgeturnt sind, haben gemerkt, dass Tante Gunte in ihrem Schaukelstuhl saß und freundlich geguckt hat. Zufrieden.

„Wir werden das machen, solange wir's können. Vielleicht ziehen wir mal hierher."

Wir werden das machen, solange wir's können. Vielleicht ziehen wir mal hierher. Wenn wir alt sind und nicht mehr so weit zum Arzt laufen wollen. Das wissen wir noch nicht. Und was die Kinder nachher machen – es soll keine Verpflichtung sein, das Haus so weiterzuführen. Sonst macht es keinen Spaß und ist nicht echt. Wenn sie was anderes draus machen, ist es auch in Ordnung. Eine Zeitlang wollten sie gar nicht herkommen, vielleicht weil wir immer gearbeitet haben und keine Zeit hatten für sie. Aber jetzt sind sie gerne hier, sie feiern oder verbringen mal ein Wochenende mit Freunden allein hier. Die Kinder haben die Corona-Zeit sehr genossen, weil das Haus ja immer frei war. Sonst sind ständig Leute da.

Tante Gunte hat uns durch ihre große Toleranz vermittelt, mit allen Leuten umzugehen. Einige hatten Probleme, andere waren Aussteiger und jeder hatte seine Sachen, die er nicht erzählt hat. Manches gehörte hier nicht her, Beziehungsprobleme zum Beispiel. Man hatte das Gefühl, hier ist heile Welt und die will man mit seinen komischen Problemen nicht kaputt machen. Für mich war es so: „Ach, es ist so schön hier, da musst du über so'n Scheiss jetzt nicht nachdenken!" In den letzten Jahren hat Tante Gunte das mit der Toleranz nicht mehr ganz so gut hinbekommen, da fing sie doch an, die Gäste zu sortieren. Für manche hatte sie nicht mehr so viel Kraft. Sich drauf einzustellen, es hat ja jeder so seine Macken. Kinderkram, das konnte sie früher gut wegstecken und hat mal welche zusammen eingeteilt, die haben Brombeeren oder Johannisbeeren gepflückt und konnten sich aussprechen, da sitzt man nebeneinander und kann quatschen.

Wenn ich das von jetzt aus begucke, ist das schon eine Leistung, alle Leute einzubeziehen! Keiner fands schlimm, alle fanden das völlig in Ordnung und fühlten sich hinterher super, dass sie hier einen Teil dazu beigetragen hatten. Einer musste eben Johannisbeeren pflücken zum Einzuckern, der nächste musste was im Wald suchen gehen, irgendwas. Dieses Gespür bewundere ich, ich versuche – nee, ich kanns nicht. Ich kann das nicht nachvollziehen und will sie auch nie kopieren. Als ich anfing, zu vermieten, habe ich das noch nicht ganz so durchschaut, da habe ich manche zusammen hier gehabt, wo es gar nicht gepasst hat. Ich dachte dann: „Oh Gott." Der eine hat sich bei mir beschwert und der andere auch. Ich habe gelernt, du musst aufpassen. Wenn der kommt, kann der andere nicht, aber dieser kann mit jenem gut – das ist immer eine Gratwanderung. Man muss sich irgendwie arrangieren. Bei Fahrradfahrern ist das leichter, die fahren sowieso wieder los. Wenn die sich eine Nacht nicht leiden können, ist es was anderes.

Manchmal denke ich auch, dass das Haus etwas ausstrahlt. Ich hatte einen Fahrradfahrer hier, so einen älteren Herrn, das hat mich total beeindruckt. Der kam völlig entnervt an, hatte nichts anderes mehr gefunden und kurzfristig gebucht, und fand alles hier ganz scheußlich. Warum ich keinen Wäschetrockner hätte, das sei Standard, muss man doch haben. Er muss doch seine Sachen waschen. „Weeß ick nich, ich hab ne Wäscheleine, ich brauch keen Wäschetrockner", habe ich gesagt. Er hatte mit Frühstück gebucht, ich dachte: „Oh Gott, so'n Nörgelkopp und da sollste Frühstück machen?" Dann habe ich Frühstück gemacht

Der Kirschgarten und seine Wirtin.

und gemerkt, die Truppe, die hier war und das Haus, die haben zusammen was bewirkt – der wollte am nächsten Tag gar nicht losfahren. Hinten im Garten standen Zelte, da hat er noch mit beim Feuer gesessen und sich entspannt. Er war am nächsten Tag ein ganz anderer Mensch! Das war ein einschneidendes Erlebnis für mich.

„Manchmal möchte man hier sitzen und einfach nur sein."

Manchmal kommen Fahrradfahrer, die sagen, hier gibt es keinen Fernseher, das ist ja doof. Und am nächsten Morgen sagen sie, wir haben hier gesessen und gequatscht, das war so schön! Was auch auffällt, ist, ich hatte ja schon ein paarmal Behindertengruppen hier – alle hatten das Gefühl, dass ihre Leute zur Ruhe gekommen sind und entspannt waren. Sie hatten zwar immer noch ihre Ausraster und ihre speziellen Bedürfnisse, aber nicht so extrem, wie man das sonst empfindet. Mit meiner Klientin komme ich jetzt im Juli wieder ein paar Tage, die ist hier ganz anders als bei Wichern im Wohnbereich. Ob man geerdeter ist? Man selber hat ja das Empfinden auch oft. Manchmal möchte man hier sitzen und einfach nur sein.

Von der Kirschallee geht es über eine Pferdekoppel hinunter zur Badestelle.

Kietzer Berg mit dem „Galgenbaum".

Der Oderblick

Von der *Kirschallee* aus führt die geschwungene Straße *Kietzer Berg* zur Alten Oder hinunter, am südlichen Ende des Oderhanges vorbei, auf dem sich einst die Abdeckerei des Ortes befand und Weinreben wuchsen, wo heute Obstbäume blühen. Gerüchten nach sollen am „Galgenbaum" früher einmal Straftäter zur Abschreckung aufgehängt worden sein, die von der Oder aus für Vorübereisende sichtbar waren. Dafür konnte ich allerdings keine Belege oder Quellen finden. Heute ist es eine sehr ruhige und liebliche Ecke in der Stadt: Katzen sitzen in den Höfen, auf dem Kopfsteinpflaster oder spazieren den Bürgersteig entlang.

Die Straße *Kietzer Berg* mündet in die *Kietzer Straße*, nach rechts führt ein Weg an der Alten Oder entlang zur Badestelle, vorbei an abgenagten Weiden und manchmal auch einem Biberstaudamm, je nach Jahreszeit und Aktivität der Nager. Wenn das Wasser der Oder sehr flach ist, kann man zu Fuß auf die riesige Halbinsel hinüberlaufen. Auf der polnischen Seite sind oft Spaziergänger, Angler und Autofahrer zu erkennen, manchmal hört man Musik. In der Dämmerung sind erst die Krähen zu sehen und zu hören. Sie sammeln sich in den Ulmen und Weiden, dann flattern die Fledermäuse herbei und schließlich rufen die Käuze und Eulen. Wenn sich Radfahrer oder Autos mit fremden Kennzeichen ihren Weg über die Kopfsteinbuckel bahnen, könnten sie auf dem Weg in eins der beiden Restaurants sein. Vorbei an den letzten alten Häuschen und der Pension BIKERs INN gelangt man über die *Kietzer Straße* zum *Oderblick*, einer aus mehreren kleinen Gebäudeteilen mit Terrasse bestehenden Gaststätte, etwas erhöht auf einem grasbewachsenen Hügel direkt an der Oder gelegen. Auf der Terrasse hat man einen wunderbar weiten Blick über die Oder und auf die polnische Seite des Lebuser Landes. Der Wirt erzählt.

Kietzer Straße – südlich der Altstadt.

Eine der Katzen am Kietzer Berg.

Stefan Metzkow, Jahrgang 1976

„Nach Lebus bin ich durch meine Frau gekommen, sie stammt von hier."

Wir haben uns vor zwanzig Jahren in Ribnitz bei Rostock kennengelernt, da komme ich her. Ich habe dort gearbeitet und sie hat ihre Lehre gemacht, dann bin ich für vier Jahre zur Armee gegangen. Als die Zeit vorbei war, haben wir das Angebot bekommen, gemeinsam die Gastronomie von einem Tennisklub in Dinslaken im Ruhrgebiet zu übernehmen. Das haben wir anderthalb Jahre lang gemacht und schnell gemerkt, dass das nicht so unsers ist. Es war viel zu weit weg von zu Hause. Und es ist ein ganz anderer Schlag Menschen dort – auch nett, aber ich konnte mir nicht vorstellen, dort meine Kinder großzuziehen. Wir haben sehr oft mit den Schwiegereltern telefoniert und 2007 von ihnen gehört, dass Frau Mehnert, die den *Oderblick* hier hatte, aufhören möchte. Sie suchte einen Nachfolger.

Das war für uns der richtige Zeitpunkt, wo wir gesagt haben, erstens ist es wieder zu Hause und zweitens ist es eigentlich genau das, was wir machen wollen. Ein normales À-la-carte-Restaurant. Der Tennisklub war eben doch eher eine Klubgaststätte, nicht besonders herausfordernd für mich als Koch. Die haben den guten Service, den wir dort gemacht hatten, sehr geschätzt. Fanden gut, dass da mal ausgebildetes Personal war – meine Frau ist ja ausgebildete Hotelfachfrau und ich bin ausgebildeter Koch. Aber eigentlich waren wir für den Laden überqualifiziert.

Meine Frau und ich sind seit 2001 zusammen und ich war vorher schon oft in Lebus, das erste Mal zum Geburtstag ihres Onkels in der Oderstraße. Das war schön, man hat genauso gesessen wie hier, man hatte eine große Terrasse und hat auf die Oder geguckt, einfach schön! Zu diesem Zeitpunkt habe ich nie mit dem Gedanken gespielt, wie wäre es denn mal, jetzt hier zu wohnen? Nee, das nicht, aber es war angenehm. Das war auch wieder diese Art Menschen, die man kannte, man wusste, wie die ticken. Vielleicht ist hier die Zeit ein bisschen stehengeblieben, die Menschen sind immer noch so wie die, mit denen ich an der Küste aufgewachsen bin. Das hat sich da oben jetzt sehr vermischt, ist schon ein bisschen elitärer geworden, eben die Küste und die ganzen Fünf-Sterne-

Häuser. Der Tourismus hat der Gegend dort natürlich gutgetan, aber die Menschen haben sich ein bisschen verändert. Was ich immer komisch und ärgerlich finde, wenn ich das mitkriege – die Einheimischen an der Küste regen sich sehr über den Tourismus auf. Dabei wissen sie gar nicht, was der Tourismus bewirkt hat. Das kann man hier an dieser Region sehen. Wenn sich einer hierher an die Oder aufmacht, ich will nicht sagen verirrt (es gibt jetzt schon viele Wochenendausflügler, die direkt hierhin wollen) – was ist das im Gegensatz zur Küste? Da sieht man, was Tourismus bringen kann. Ich wohne seit fünfzehn Jahren nicht mehr da oben, das ist teilweise ein Kulturschock, wenn ich dort bin. Da hat sich so viel getan und hier ist das alles noch so ein bisschen bodenständiger. Ein paar Veränderungen würden mir schon gefallen.

Wir sitzen direkt an der alten Handelsstraße, hier war früher die Fährverbindung nach Polen rüber. Ich als Gewerbetreibender brauche die nicht unbedingt wieder. Die Polen würden dann auch schnell mal eine Gaststätte hinstellen und ein Schild, wo man von hier aus lesen kann, dass das Bier da drüben nur einen Euro kostet (*lacht*). Von daher finde ich das nicht so schlecht, wie es jetzt hier ist. Auf der anderen Seite waren die Felder und die Ländereien vieler Bauern aus Lebus, von der alten Fähre ist nichts mehr übrig. Was wir heute hier am Ufer sehen, sind die Überreste der Anlagen des Warschauer Paktes, hier hat man das Übersetzen trainiert. Diese Betonplatten nennt man Panzerplatten oder Panzerkekse, und die Pfeiler, die noch am Ufer rausgucken, sind dazu dagewesen, schnell eine Pontonbrücke herzustellen. Für den Fall eines Falles, dass die Brücken in Frankfurt und der näheren Umgebung zerstört werden, was ja immer der erste Punkt ist, um den Nachschub lahmzulegen. Ich kenne Fotos und weiß aus Erzählungen, dass die polnische Armee und die NVA das trainiert haben.

Wir haben auch polnische Gäste, es werden langsam mehr, ich habe schon überlegt, die Speisekarte auch mal auf Polnisch zu machen. Seit drei Jahren ungefähr geht das aufwärts. Ich habe zum Glück einen Koch bei mir, der mal in Polen gelernt hat und noch ein bisschen Polnisch kann. Das ist auch so ein Ding, wenn man drüben in Polen ist, setzt man immer voraus, dass die alle Deutsch sprechen, aber hier direkt an der Grenze versteht kein Mensch Polnisch! Das sollte man vielleicht mal den Kindern schon im Kindergarten oder in der Schule beibringen, damit man sich unterhalten kann.

Stefan Metzkow auf der Terrasse des Oderblicks.

Ich habe zwei Töchter, eine wird zehn und die andere ist vier Jahre alt. Die gehen hier zur Kita und zur Grundschule, das ist das Schöne in Lebus; es ist ländlich, aber man hat alles, was man braucht: einen Arzt, eine Schule, eine Kita, eine Kirchengemeinde, es ist alles sehr idyllisch. Wenn man eben mal Rambazamba will, dann setzt man sich in den Regionalexpress und ist in einer Stunde in Berlin. Ein bisschen mehr als eine Stunde, dann ist man auf dem Alex und kann shoppen, ein bisschen Highlife haben und dann geht's wieder nach Hause, reicht dann auch. Für die täglichen Sachen reicht Frankfurt, aber wenn man was Größeres will oder was Ausgefalleneres, dann ist Berlin schon schön. Die gute Zugverbindung macht es möglich.

In Lebus gibt es den *Oderblick* und das *Anglerheim* als schöne Restaurants, dann wird es dünne. Es gibt noch eine Kneipe, aber die ist ein bisschen für die einheimischen Skatspieler, sonst ist nicht viel. Wir haben ein Jugendhaus, aber das ist kein Jugendklub, sondern eher für die Grundschüler, dort wird ein sehr schönes Ferienprogramm auf die Beine gestellt. Meine Tochter macht grad bei einem Minikrimi mit, dann wird ein richtiger Film gedreht, das ist ganz schön. Für die Jugendlichen ab vierzehn, fünfzehn ist es mau. Gastronomisch gesehen haben wir noch die Eisdiele, das *Eiscafé Müller*, die haben hausgemachtes Eis.

Warum sich das *Anglerheim* Gaststätte nennt und wir Restaurant, weiß ich eigentlich auch nicht, ich habe mich immer schon als Restaurant bezeichnet. Was den *Oderblick* ausmacht, ist meine Herkunft. Ich komme ja aus Mecklenburg und der Unterschied zur Berliner Küche ist zum Beispiel, dass es nicht nur Salz und Pfeffer gibt. Das ist alles ein bisschen lieblicher abgeschmeckt und nach den Ansprüchen der Mecklenburger ausgerichtet. Es ist ja so gewesen, dass die Seefahrer sich Gedanken machen mussten, was man auf die Reise mitnehmen konnte. Es durfte nicht schlecht werden, musste haltbar sein. Daher bietet die Mecklenburgische Küche viele Sachen an, die süßsauer sind, eingelegt oder geräuchert. Das sind Methoden, Lebensmittel haltbar zu machen. Ich weiß noch nicht, wo die Brandenburgische Küche steht, was die genau ausmacht – aber es ist ein ostdeutsches Bundesland wie Mecklenburg, dadurch verbindet beide sehr viel. Man kennt hier ein Eisbein, man kennt oben ein Eisbein. Aber das Süßsaure ist speziell mecklenburgisch, mein Küchenmeister guckt schon immer komisch, wenn ich das koche und kann das manchmal gar nicht verstehen. Ich sage dann aber „so mache ich das und so möchte ich das". Und ich glaube, das kommt auch ganz gut bei den Gästen an.

„Was den Oderblick ausmacht, ist meine Herkunft."

Da wird viel mit Säure und Zucker gearbeitet, auch in Gerichten, wo man es nicht vermutet. Mein Gemüse zum Bespiel wird doch ein bisschen lieblicher abgeschmeckt. Es wird auch viel Obst zum Fisch gemacht. Ich koche super gerne Fisch und kreiere Fischgerichte, mit Fleisch habe ich so meine Schwierigkeiten. Es fällt mir nichts dazu zu ein, da stehe ich ein bisschen auf dem Schlauch, aber bei Fisch probiere ich saisonal viel aus. Vorletztes Jahr konnte ich es ja noch, da habe ich mal einen Zander mit Rhabarberragout gemacht, das war sehr schön. Oder im Mai, wenn es die Maischollen gibt, dann gibt es dazu warme Stachelbeeren – sowas macht den *Oderblick* aus. Das wird sehr gut angenommen, es ist ja kein Schickimicki. Man liest es, man weiß, was es ist und kann sich sofort was drunter vorstellen. Aber man hat es in diesem Zusammenhang noch nie gegessen. Dann sind die Leute neugierig, finden das schön, probieren es aus. Es kommen Leute aus Lebus oder Frankfurt, die mal wieder vorbeischauen, um zu sehen, was es gibt.

Ich musste in den ersten Jahren viel kennenlernen, einen Weg, eine Strategie finden für den *Oderblick*. Ich habe auch viele Gäste aus Berlin oder von weiter her, die kommen und freuen sich immer auf ein Essen und plötzlich ist das von der Karte verschwunden, weil ich ja auch immer versuche, attraktiv zu bleiben und neue Essen zu machen. Man fühlt sich ein bisschen gedrängt dadurch. Dann sind manche wiedergekommen und waren traurig, dass genau das Essen, was sie gut fanden, nicht mehr da war. „Schade, Mensch, da kommen wir extra aus Berlin…" – das tat mir leid. Wir haben uns im Team besprochen und gesagt, wir müssen irgendetwas machen, was beidem gerecht wird. Wir müssen auch die Einheimischen überraschen können und die großen Klassiker drauf lassen, ohne sie totlaufen zu lassen. Das kann auch passieren, dass man einfach durch Inaktivität unattraktiv wird. Uns ist eingefallen, dass man eben pro Monat drei Essen extra machen könnte, je nach Saison oder der Jahreszeit entsprechend. Wir hatten die Spargelzeit, die ich immer sehr schön finde, und die läuft ja aus mit dem Beginn der Pfifferlingszeit und nachher kommt auch schon wieder der Herbst und man fängt an mit den Kürbissen. So bin ich jetzt flexibel und kann immer genau auf die Ansprüche reagieren. Drei, vier Gerichte, manchmal haben wir auch einfach Lust und schreiben noch eins mit an die Tafel. Viele Sachen bleiben, die haben wir selbst kreiert und man bekommt sie nirgends woanders. Ich sag immer zu meinen Gästen: „Wenn Sie das nochmal woanders sehen, können Sie sicher sein, dass es von uns geklaut wurde! Das haben wir uns nämlich so ausgedacht." *(lacht)*

Mit mir sind wir zu viert in der Küche. Mein Team zeichnet sich dadurch aus, dass jeder sein Fachgebiet hat. Mit meinem Küchenmeister kann ich über Neuigkeiten sprechen, der bringt neue Impulse, möchte aber mit den ganzen Hintergrundarbeiten nicht so viel zu tun haben. Bestellungen, Waren verräumen, Lagerarbeiten, das ist nicht seins, aber dafür habe ich jemand anders. Der sich mit dem ganzen Lager beschäftigt, sich aber gar nicht mit dem neuen Essen beschäftigen möchte. Dann habe ich noch jemanden, der sagt nie nein. Das ist der erste, der ja sagt, und der letzte, der nein sagt. Ich habe wirklich ein phantastisches Team, muss ich klar sagen, dass ich mich so verlassen kann auf alle! Ich bin so froh und so stolz, dass ich meine Leute noch habe, auch jetzt nach der Pandemie. Ich weiß nicht, wie ich das geschafft habe, es muss vielleicht an uns liegen. Ich habe Angst gehabt, dass irgendwann einmal das Telefon klingelt und der ein oder andere anruft und sagt, „Chef, ja, war eine schöne Zeit bei Dir, hat mir Spaß gemacht, aber ich kann mir das jetzt nicht mehr leisten. Ich muss mir was Neues suchen." Aber sie sind alle wiedergekommen, alle! Ich glaube, wir haben alle die Zeit zu Hause genutzt, für die Familie, die ja doch drunter leidet, wenn man in der Gastro arbeitet.

Ich habe so um die zehn Stunden täglich mit dem Laden zu tun. Fünf Tage die Woche, und weil ich so ein gutes Team habe, sagen die auch: „Du hast dir deinen freien Tag genauso verdient wie wir ja auch." Ich habe eine Fünftagewoche und meine Leute auch. Meine Frau arbeitet auch hier, wir haben beide zusammen das Ding aufgezogen. Eine Kellnerin ist noch da, die hat den Laden mit uns hier aufgeschlossen. Das gibt einem so ein Selbstbewusstsein, dass man nicht so viel verkehrt macht.

Als wir herkamen und den Laden aufgemacht haben, das war kompliziert! Hier gab es drei Grundstücke, die eine Grenze verlief direkt diagonal über die Terrasse. Dahinter war nochmal ein Grundstück, etwa zehn Meter breit. Und die große Wiese mit der Toilette, die dort steht, das war nochmal ein anderes Privatgrundstück. Ich brauchte ja die Toilette, ohne Toilette darf man nicht aufmachen. Damit fing es eigentlich an, ich habe zum Eigentümer gesagt, ich möchte gern das Grundstück kaufen, wo die Toilette draufsteht. Der hat gesagt: „Freundchen, entweder kaufst du alles oder gar nichts." Das musste ich natürlich machen.

Dann war es so, dass sich die Stadt und das Wasserschifffahrtsamt einigen mussten. Das ist ja früher mal ein Schwarzbau gewesen und jetzt habe ich Bestandsschutz für das ganze Objekt. Ich darf nicht so viel verändern. Das Ganze wurde 1988/89 gebaut, wo das noch keinen so richtig interessiert hat, was hier steht und wie es gemacht wird. Und auf einmal

Der Oderblick an der alten Fähranlegestelle.

war es da und man hat sich auf den Bestandsschutz geeinigt. Ein Teil des Gebäudes stand ein bisschen auf dem Grundstück nebenan, aber nach zehn Verhandlungen konnte man sich einigen. Das hat über zehn Jahre gedauert. Frau Mehnert hatte mit der Terrasse angefangen, das sah so aus wie jetzt. Dann hat sie gedacht, man könnte ja auch was im Winter machen und hat das Gasthaus angebaut, ich glaube 1990/91. Früher stand hier noch ein Haus, in dem sie gewohnt hatte, das musste ich aber abreißen, weil es ziemlich kaputt war. Als ich das erste Mal in Lebus war, habe ich den *Oderblick* noch nicht so wahrgenommen. Als es spruchreif wurde, habe ich das Potential schon erkannt.

Wir haben damals gleich aufgemacht, mit einem Koch und einer Kellnerin. Und haben schon überlegt: „Oh Gott oh Gott, können wir uns das überhaupt leisten?" Aber durch die Küche habe ich meinen Anspruch gefunden und einen Zuspruch bei den Lebusern – die haben uns wahnsinnig gut angenommen. In der Weihnachtszeit könnte ich manchmal doppelt so groß sein und das würde noch nicht reichen. Zu Weihnachten oder zu Ostern, gerade wenn die Leute Besuch haben, da wollen sie nicht den ganzen Tag in der Küche stehen und möchten schonmal essen gehen. Mehr Zeit haben für die Familie. Das hat mich überrascht, als wir aufgemacht haben, bin ich nicht von einem solchem Ansturm, solchem Erfolg ausgegangen. Und mich überrascht immer wieder, wie viele Leute doch hier in diesen kleinen Ort kommen. Manchmal kann man hier einige Soap-Darsteller aus Berlin bewirten oder den ehemaligen Bundestagspräsidenten Thierse, die genießen auch, dass es so abgeschieden ist. Dann kann man in Ruhe essen, ohne vollgequatscht zu werden.

Während der Pandemie im ersten Lockdown habe ich versucht, Mittagstisch zu machen, aber die Lebuser sind es doch nicht gewohnt, ihren Mittagstisch irgendwo zu holen, wie in einer Großstadt. Und wenn sich mal einer schnell was abholen wollte für fünf, sechs Euro, davon konnte ich nicht überleben. Ich habe entschieden, ich lasse es ganz, die Hilfen kamen ja, zwar etwas später, aber sie kamen. Und so konnten wir uns über Wasser halten. Ich zahle auch nur die Nebenkosten, mein großes Glück, im Unterschied zu vielen Gastronomen. Das ist katastrophal, was da manchmal abgeht. Aber wir zwei in Lebus haben überlebt. Der Ort kann zwei Gaststätten vertragen, wir leben beide gut und in freundlicher Konkurrenz. Es gibt Leute, die gehen lieber zum *Anglerheim*, und Leute, die kommen lieber hierher. Das wird immer so bleiben, damit habe ich auch kein Problem.

Wanddekoration im Anglerheim.

Blick aus dem Anglerheim, ein Angler auf der polnischen Oderseite.

Dass die Lebuser uns so angenommen haben, dafür bin ich sehr dankbar. Es sind wirklich nette Leute hier in Lebus. Zu Beginn, so die ersten Wochen, war das ein bisschen komisch, man wurde plötzlich von jedem gegrüßt. Die Lebuser wussten: „Guck mal, das ist der Neue." Alle haben „Guten Tag" gesagt und ich „ja, Guten Tach", jeder kannte mich – mittlerweile habe ich sie auch kennengelernt. Das ist ein sehr freundlicher Menschenschlag hier. Ich würde mir wünschen, dass meine Kinder mal hierbleiben. Es muss natürlich noch was passieren, gerade für die jüngeren Leute muss ein bisschen Attraktivität her.

Ich bin hergekommen, da war ich aus dem Alter raus und ich weiß nicht genau, was die Jugendlichen haben wollen, was denen eigentlich fehlt. Viele sagen, ich geh nach Berlin, na gut, Berlin ist dicht dran. In Berlin verdiene ich das dreifache, muss aber auch das dreifache an Miete zahlen. Das kann ich nicht verstehen. Man sollte lieber gucken, was bleibt am Ende des Monats übrig? Und wenn ich jetzt hierbleib und nicht so viel Geld verdiene, aber auch weniger ausgebe, beziehungsweise die Lebenshaltungskosten niedriger sind, dann bleibe ich lieber hier. Und das werde ich auch versuchen, meinen Kindern beizubringen. Die Verlockung ist schon groß, Dresden ist nicht weit, Berlin – die sind schon attraktiver als Frankfurt. Aber wenn alle weggehen, kann sich hier auch nichts entwickeln.

„Die Leute lesen oben am Kreisel das Schild mit dem Pfeil runter *Altstadt*. Und stehen dann hier und fragen: ‚Wo ist denn nun die Altstadt?' "
„Naja, Sie befinden sich mittendrinne."

Ich hatte einen ganz lieben Stammgast, der kam fast jeden Tag. Von dem habe ich viel darüber erfahren, was hier während des Zweiten Weltkrieges passiert ist. Er hat erzählt, was los war, und nicht, was die Geschichtsbücher erzählt haben. Das war faszinierend zu hören, noch so einen Zeitzeugen zu haben. Er ist mittlerweile gestorben, schade. An sich kennt man die geschichtlichen Hintergründe zum Zweiten Weltkrieg, aber man redet nicht mehr viel drüber. Es ist furchtbar gewesen, dieses Elend möchte man nicht erleben. Aber es kommt immer wieder hoch, ich habe jetzt gerade ein Haus gebaut und man darf hier in der Umgebung kein Haus bauen, ohne dass der Kampfmittelräumdienst rübergeht – und die finden immer was. Immer. Bei mir wurden nur ein paar Granaten gefunden und zwei, drei Gewehre. Da war wohl ein Kellergewölbe, wo die Bewohner sich das bereitgelegt hatten. Aber ich habe auch im Freundeskreis jemanden, der beim Kampfmittelräumdienst arbeitet und der kann ganz andere Geschichten erzählen. Fliegerbomben und so weiter, wenn man das hört, was da noch so rausgeholt wird, nach so vielen Jahren! Dieses Leid, das den Menschen auf beiden Seiten zuteilwurde – da gibt es im Krieg für mich keine Gewinner und keine Verlierer. Man sieht überall in Lebus noch die Spuren, hier am Bischofsplatz war früher die Altstadt. Die Leute lesen oben am Kreisel das Schild mit dem Pfeil runter *Altstadt*. Und stehen dann hier und fragen: „Wo ist denn nun die Altstadt?" „Naja, Sie befinden sich mittendrinne."

Ich zeige ihnen meist das Foto im Gastraum, eine alte Fliegeraufnahme, damit man sich vorstellen kann, wie Lebus mal ausgesehen hat. Es gab mehrere Gaststätten, es gab ein Hotel, eine Brauerei, Lebus war wirklich stark frequentiert und gut angesehen. Das ist alles weg und was man hier noch so sieht, sind alles Kriegsnarben. Jetzt wird erst wieder gebaut hier vorn an der Oder. Das Grundstück, wo wir gebaut haben, hat mehreren Leuten gehört, das wurde immer weitervererbt, bis man das auseinanderklamüsert hat, das hat gedauert. Wenn zehn Leute auf dem Grundstück sitzen, müssen auch zehn Leute dem Verkauf zustimmen. Ich würde es ja gut finden, wenn hier wieder ein bisschen Leben reinkommt, aber man sollte nicht nur Wohnungen bauen. Andererseits ist Lebus ein Ort, wo viele Leute gerne wohnen würden, es gibt hier aber keine Wohnungen. Hier fehlen auch ein paar Einkaufsmöglichkeiten. Die kleine Ketten-Drogerie, die mal am Kreisel war, hat den Chefetagen nicht genug eingebracht, also wurde sie gestrichen. Man hat *Edeka*, *Norma* und jetzt einen Dönerladen, das wars dann aber auch schon. Ich würde mir für Lebus eine schöne Kneipe wünschen, wo man abends mal sitzen kann und ein Bier trinken, so eine urige Kneipe mit Kneipenkultur.

Die Lebuser Altstadt vor der Zerstörung.

Der Oder-Neiße-Radweg spielt für uns eine ganz große Rolle. Ist sehr angenommen, stark befahren. Gerade in den letzten zwei, drei Jahren hat das Ding richtig Fahrt aufgenommen.Auch durch diese Abgeschiedenheit, das wissen die Leute sehr zu schätzen. Wir sind nur ein Punkt auf der Strecke, es gibt einige, die starten noch im polnischen Gebiet vor Zittau und nehmen sich vor, bis hoch an die Ostsee zu fahren. Und andere fahren erst in Frankfurt los. Die kommen mit dem Zug und ihren Rädern, starten in Frankfurt und fahren bis zur Ostsee. Und hier nehmen sie ihre erste Limo zu sich. Und schauen.

„Es muss nicht alles im Westen sein. Wir haben so viel Potential!"

An der Oder wird nicht viel gemacht, früher fuhren hier viel mehr Schiffe. Jetzt haben wir wieder Niedrigwasser, da können die großen Containerschiffe nicht mehr fahren. Vielleicht sollte man schauen, dass man die Oder schiffbarer machen kann. Die müsste ausgebaggert werden, vielleicht gibt ja *Tesla* jetzt was dazu – das kann schon ein ganz großer Punkt werden, in diesem Bereich solche Firmen anzusiedeln. Das würde ich sehr gut finden. *Tesla* und die ganzen Zulieferer, dann entdecken auch andere große Firmen, wie attraktiv das hier doch sein kann. Auch im Osten, es muss nicht alles im Westen sein. Wir haben so viel Potential!

Natürlich spielen auch hier der Umweltschutz und die damit verbundenen Themen eine Rolle. Aber wie einige Leute hier ticken, dazu kann ich ein Jingle vom Jugendradio FRITZ zitieren: „Hör mir bloß auf mit Öko! Seit drei Jahren heize ick jetzt mit Solarplatten. Aber die brennen total beschissen, und dat stinkt, du kannst es dir nicht vorstellen!" *(lacht).*

Ich habe das letzte Hochwasser 2010 auch hier überstanden, ich musste nur eine Woche schließen, das Wasser stand bis vorne an die Brüstung der Terrasse. Von den Schäden aus dem Jahr 1997 konnte ich nichts mehr feststellen, damals war wohl alles bei uns überschwemmt gewesen. Die Stimmung im Ort war 2010 sehr gereizt, es war so viel aggressive Presse da, die nur auf Katastrophenberichte aus waren, besonders diese große Tageszeitung mit den vier Buchstaben. Die waren sehr viel hier und haben gesagt: „Stellen Sie sich mal so hin und machen Sie ein trauriges Gesicht." Die haben wir weggeschickt.

Vor zwei, drei Jahren haben die Polen hier versucht, eine Fahrgastschifffahrt aufzuziehen. Die ersten Monate hat das ganz gut geklappt. Dann war das Wasser zu niedrig und dann konnte dieses Ding nicht mehr fahren. Das haben wir selbst als Karnevalsklub gemerkt, ich bin ja im Lebuser Karnevalsklub, und da stand unsere Sommertour an und wir haben gedacht, das ist ja genau das Richtige. Wir haben uns morgens um zehn getroffen und gedacht, es geht los. Nee, musste leider abgesagt werden – wegen Niedrigwasser. Das ist schon blöde, erstens für die Gäste und zweitens für den Betreiber, der dann sagt, lohnt nicht, kann ich nicht.

Beim Karnevalsverein machen wir die Veranstaltungen am 11. November und im Februar, was sehr gut besucht wird. Das macht viel Spaß, obwohl ich noch nicht so lange aktiv im Verein mitmache, ich hatte vorher die gastronomische Versorgung übernommen. Aber durch den Umbau vom Kulturhaus ist das nicht mehr so machbar wie früher, da hatten wir als Koch und meine Frau als Kellnerin mitgemacht. Seitdem das Kulturhaus umgebaut wurde, fehlt ein Raum, wo man sich in Ruhe zurückziehen kann, wenn man was essen will. Jetzt sitzt man mitten im Saal und muss dort essen. Wenn eine Konfetti-Kanone kommt, hat man die auf dem Teller, was nicht ausbleibt beim Karneval. Das ist für Betreiber doof. Und man muss vom Flaschenöffner bis zur Pfanne und dem Topf alles mitnehmen und sich selbst einrichten. Es ist ein Herd da, ein Ofen, aber man muss alles mitschleppen, das ist sehr umständlich.

„Wir leben hier mit dem Fluss."

Wir leben hier mit dem Fluss. Im Winter sieht man ab und zu mal Rehe über die Oder schwimmen, oder mal ein Wildschwein. Das sieht völlig irre aus! Ich habe gedacht, das sind Kinder mit ferngesteuerten Booten oder so, weil da Leute standen, das kam direkt auf die Bunenspitze zu. Ich denke: „Was ist denn das?" Ich hab mein Fernglas geholt und auf einmal wurde das immer größer und größer. Und dann kam es raus und war ein Wildschwein! Mit dem Wisent, das war eine ganz blöde Geschichte. Der erste Wisent, der in Deutschland gesichtet wurde und man hatte leider nichts anderes zu tun, als ihn zu erschießen. Das fand ich sehr schade. Das hat auch den Grenzbeziehungen nicht gutgetan. Auf dem Deich drüben stand ein ganz großes Schild „Mörder“, zumal der Wisent in Polen sehr bekannt war. Er war sehr zutraulich, hatte auch schon einen Namen, dann kam er hierher und wurde aus Mangel an Erfahrung und Entscheidungsträgern kurzerhand erschossen. Ich fand es furchtbar.

Beim Biber bin ich sehr zwiegespalten, ich musste auch persönlich schon drunter leiden. Er hat uns an der Terrasse einige Bäume angefressen und im Garten hatte ich einen schönen alten Pflaumenbaum mit richtig großen Eierpflaumen, den hat er sich innerhalb kürzester Zeit zu eigen gemacht und mir noch meinen gesamten Obstgarten niedergemacht. Vor kurzem hat er sich die Hälfte der Hecke weggeholt. Viele Bewohner, die direkt an der Oder wohnen, leiden darunter. Das Tier steht unter Naturschutz, aber es stellt eine Gefahr dar! Er unterhöhlt die Deiche, das ist ein Eingriff im Oderbruch. Der Biberbeauftragte in Brandenburg und die Deichläufer, die es jetzt auch wieder gibt (sie kontrollieren die Deiche, man ist ja ein gebranntes Kind), berichten viel von Biberschäden. Es muss unbedingt was gemacht werden.

Ich finde es auch schön – man kann fast die Uhr danach stellen – täglich gegen 20 Uhr kommt der Biber hier langgeschwommen, das ist wirklich schön anzusehen. Man sieht, dass es eine intakte Natur ist, die sich so langsam wieder erholt. Aber ob das so gut ist für die Menschen, die hier wohnen, wage ich zu bezweifeln. Die Wildschweine bringen jetzt die Gefahr durch die Schweinepest, der Biber an sich ist die größere Gefahr. Wenn man schaut, hier wachsen keine Bäume mehr, da drüben war mal alles voller großer Bäume. Alle niedergemacht worden, auch an der alten Badestelle, da ist es sehr licht geworden. Die Deiche und die Adonisröschen-Hänge sollte man auch lieber den Schafen überlassen, die stellen das alles gut wieder her. Die fressen nur das, was wegmuss und lassen das Gute stehen. Dafür bräuchte es aber auch Leute, die sich das antun wollen. Wieder Schäfer zu sein.

Wir haben viele Angler im Ort, berühmt sind vor allem die Wels-Angler, zum Beispiel Charly und Dolf, die versuchen, den großen Fang zu machen. Aber es gibt auch viele Berichte darüber, dass mal Welse gefangen wurden, die jenseits der zwei Meter groß waren. Ich habe letztes Jahr auch einen Wels angeboten bekommen, den ich verarbeiten konnte, der war über zwei Meter lang. Das war ein Riesentier, er hat vierzig oder mehr Kilo gewogen. Da konnte ich ein bisschen was herstellen draus. Ich finde, Wels ist ein sehr schmackhafter Fisch, weil er nicht so fischig ist, er hat eher eine Struktur wie ein festes Stück Fleisch. Von der Farbe her ist es ein rötlicher Fisch, sehr schön. Und er hat keine Gräten, im Gegensatz zum Hecht, der nicht so attraktiv ist. Meinen Fisch beziehe ich von einheimischen Fischern oder größtenteils vom Großhandel. Forellen hole ich aus Zuchtgewässern. Aber am schönsten finde ich die Quappenzeit, das ist mein Lieblingsfisch. Wenn der Dezember losgeht, die Quappen kommen und ich zu meinem Fischer fahren kann, das mag ich!

Quappen sind regional sehr an die Oder gebunden. Die kann ich im Winter erwerben und gut anbieten, da sind wir wieder beim Thema saisonal reagieren. Wenn Ende März/Anfang April die Adonisröschen rauskommen, ist auch immer Startschuss für die Saison. Wir haben eine kurze Saure-Gurken-Zeit, die geht von Mitte Januar bis Mitte März, wo das Geschäft ein bisschen ruhiger ist. Danach geht's los. Wenn dann schönes Wetter ist und man nicht reagieren kann, wie jetzt in der Corona-Zeit, das ist schon blöde.

Was ich auch gut finde, ist, dass ich hier meinen Hausjäger habe, der mich, bevor die Schweinepest da war, immer gefragt hat: „Mensch, brauchst du was?“ Oder ich konnte ihn anrufen, ich bräuchte mal wieder ein Wildschwein, ich bräuchte ein Reh. Ich habe eine Familienfeier und möchte da was anbieten, was eben nicht aus dem Großhandel kommt, sondern von hier. Das hat immer so ein, zwei Tage gedauert, dann hatte ich mein Wildschwein oder mein Reh. Das funktionierte sehr gut. Jetzt kann ich es halt nicht anbieten, brauche ich auch nicht, weil die Leute durch die Schweinepest da auch Abstand nehmen. Und wir hatten fast ein Jahr zu durch die Corona-Zeit, das muss sich erst wieder einspielen.

Punkt 20 Uhr an der alten Fährstelle, der Biber schwimmt mittig im Fluss.

Die Katze auf der Suche nach freundlichen Gästen.

Den Wolf habe ich auch schon mal gesehen, der ist über die Straße gelaufen, vorm Orteingang in Golzow. Und ich habe mal meine Tochter oben in der *Kirschallee* beim Reitsportverein abgeholt und gemerkt, dass die Pferde auf der Koppel viel zu nervös waren, hin und her gelaufen sind. Die Betreiberin vom Reiterhof sagte zu mir: „Oh ja, da muss hier wieder irgendwo ein Wolf sein, das merken die Pferde sofort." Das kommt schon vor. Man kann sich vorstellen, dass der hier in der näheren Umgebung schon sein Unwesen treibt. Aber ich habe noch nicht gehört, dass etwas gerissen oder ein Wolf totgefahren wurde. Man weiß, dass er da ist. Er ist auch ein Indiz dafür, dass sich so langsam alles wieder einpegelt. Für die Schäfer ist es natürlich bitter. Aber es ist Natur – und alles grundlos abzuschießen, wie den Wisent, das halte ich auch für verkehrt. Man muss ein Miteinander finden. So wie ich mein Leben mit der Oder finden muss, ist es hier ein Leben mit und von der Oder.

An der Oder sieht man auch, was für Probleme auf uns zu kommen, das wird Wassermangel sein. Wir sind vor drei Jahren mal durch die Oder durchgeschwommen, das heißt, wir wollten rüber schwimmen. Abends, wenn die Sonne untergeht, ist es relativ schattig hier, deshalb sind wir in Richtung der Boje zu einer kleinen Insel geschwommen, man sitzt da abends sehr schön. Und dann wollten wir rüber schwimmen und beim

Schwimmen stieß ich so mit den Knien an, bis ich gemerkt habe, das ist der Grund! Das war knietief. Da habe ich gedacht: „Das kann doch nicht sein, das ist hier die Oder. Einer der größten Flüsse Deutschlands und man steht nur knietief drinne!" Das war erschreckend.

An der Oder sieht man auch, was für Probleme auf uns zu kommen, das wird Wassermangel sein.

Das Schild hängt hier übrigens auf der Terrasse für die Katze vom Nachbarn, es steht extra drauf: „Bitte nicht füttern". Ich versteh das nicht, da kaufen die Leute sich ein teures Essen, teuren Fisch und geben das dann der Katze. Und der Nachbar fragt: „Sag mal, hast du meine Katze gesehen? Die kommt gar nicht mehr nach Hause." „Ja, das glaube ich," sage ich dann, „die ist jeden Tag hier, die wird auch gut verpflegt."

Terrasse des Oderblicks (mit dem Katzen-Warnschild).

Historische Ansicht – Lebus von der polnischen Seite aus gesehen (rechts der Oder).

LEBUS, den

LEBUS

Oderstraße

Vom *Oderblick* aus läuft man parallel zum Fluss auf dem alten Pflaster in die *Oderstraße*, die zum Schiffsanleger am *Anglerheim* führt. Dort bietet ein großer Parkplatz Fläche für Caravans, einen Rastplatz für Radfahrer und genügend Platz für Feste wie die Maifeier. Die Oderwiesen beginnen gleich hinter dem Parkplatz. Je nach Höhe des Wasserstandes kann man weit in sie hineinlaufen und den Pletschenberg aufragen sehen, über dem oft Greifvögel kreisen. Auf dem asphaltierten Weg, der ein paar hundert Meter zum Deich weiterführt, lassen Krähen Flussmuscheln zerschellen, um die Innereien aufzupicken, Lerchen steigen jubilierend auf, Schwäne ziehen auf den Nebenarmen und über Wasserlöchern ihre Kreise. Stadtauswärts liegen nördlich der Ortsteil *Lebus Busch* sowie der *Mückenbusch*, eine idyllisch gelegene Radwanderer-Unterkunft. Von der Schiffsanlegestelle am *Anglerheim* bietet sich ein schönes Panorama der Stadt mit seinem dominanten Kirchturm. Oberhalb der Oderstraße ist am Burgberg der Namenszug LEBUS in großen Buchstaben angebracht. Ich treffe einen Lebuser, der mit der Stadt und dieser Straße eng verbunden ist. Dolf Tillack erzählt.

Dolf Tillack, Jahrgang 1979

„Aufgewachsen bin ich in Frankfurt. Unser Grundstück in Lebus ist seit 1700 in Familienbesitz."

Unser Opa wurde nach oben vertrieben, weil die Bauern unten in der Oderstraße eigentlich nichts zu suchen hatten, da sollten nur noch die Handwerker wohnen. Meine Eltern haben zu DDR-Zeiten in Frankfurt gearbeitet und sind dorthin gezogen. Deswegen musste ich gezwungenermaßen die ersten sechzehn Jahre dort leben. Aber ich war immer mit dem Herzen hier in Lebus. Und jedes Wochenende sowie die Ferien über bei meinen Großeltern in Lebus. Ich wusste, dass ich hierhergehöre.

Mein Leben hat mit sechzehn begonnen, ich hatte vorher keine Freunde, wollte ich auch gar nicht. Ich habe lieber hier mit meinen Cousins und Cousinen gespielt als in Frankfurt irgendwo. Da mussten mich meine Eltern zwingen, dass ich mal rausgehe.

„Die Oder ist so flach, dass du eigentlich durchlaufen kannst."

Als wir Kinder waren, durfte man schon nicht mehr an der Hakenbuhne am *Anglerheim* schwimmen gehen, es hieß, die Oder sei gefährlich, weil sie so versandet und tief war. Den Kindern wurde eingeredet, geht lieber an der Alten Oder baden. Früher wurde die Oder ja noch alle fünfzehn Jahre ausgebaggert, sie war viel tiefer und es gab richtige Strudel. Das hat auch ein paar Kinder das Leben gekostet. Wir haben das mal gemessen, es gibt jetzt noch acht Meter tiefe Kessel an den Buhnenköpfen. Die haben einen Durchmesser von vielleicht vier Metern, dann geht es schlagartig runter, weil die Oder an der Stelle spült, da ist kein Sand drunter. Aber sonst ist sie so flach, dass du eigentlich durchlaufen kannst. Du hast maximal drei Meter, wo du ein bisschen schwimmen musst. Und dann schrammst du auch schon wieder mit dem Bauch auf dem Sand. Das ist jetzt nur noch für ganz flache Kähne

Der erfolgreiche Angler.

schiffbar, selbst wir setzen auf mit unserem Boot, wenn wir angeln. Als Angler bin ich weniger fanatisch als meine Freunde, morgen fahr ich das zweite Mal mit in diesem Jahr. Das wichtigste ist, mal einen Tag rauszukommen, abzuschalten, einfach mal alles zu vergessen. Nur im Boot sitzen und denken, wie kann ich den Fisch austriezen?

Unser Grundstück bestand aus zwei großen Bombentrichtern, die waren voller Schutt. Damit kämpfen wir immer noch. Spargel musst du einen Meter sechzig tief in die Erde bringen, zwanzig Zentimeter Dung und dann die Wurzeln rein – das war ganz schön viel Arbeit. Da sind Steine und Schutt drin, nach sieben Metern kommt erst fester Boden. 1996 haben wir gebaut, die Außenanlagen und alles schick gemacht und machen lassen. 1997 kam das Hochwasser und hat alles

Oderflut um 1930, links der Kolonialwarenhandel Christoph, rechts das Fährhaus.

kaputt gemacht. Unser Haus war quasi eine Insel, sie haben uns einen kleinen Steg gebaut, damit wir überhaupt noch ins Haus kommen konnten. Rings rum war alles voller Presse. Pro Sieben hat angerufen und SAT1, ich habe gefragt: „Woher haben Sie denn unsere Nummer?" „Die steht doch an Ihrem Haus dran, wir stehen genau gegenüber." Die wollten alle Interviews und wir haben das abgewiesen: „Nee, is nicht." Wir hatten genug mit uns zu tun, um das Haus zu schützen.

Jeden Tag war die Dorf-Feuerwehr da und hat geguckt, ob die Sandsäcke noch liegen, ob alles dicht bleibt. Da waren Entwässerungsgruben mit dran und der Hausstromanschluss, der musste hochgelegt werden, wir hatten genug Stress. Die Solidarität war einwandfrei, ein Riesenlob nochmal an die Feuerwehr, die waren im Dauereinsatz. Wie das funktioniert hat, großartig! Die haben jetzt leider auch mit dem Nachwuchs zu kämpfen, früher sind sie zu Amtsausscheiden gefahren und haben richtig große Feste gemacht, das können sie nicht mehr.

Ich bin mit meinen Eltern 1997 nach Lebus gezogen, habe mich später selbständig gemacht in der Restauration von Holz, vier Jahre bei Piano-Schulz gearbeitet und Klaviere restauriert und 2009 habe ich die Elektrik-Firma von meinem Vater übernommen. Anfangs habe ich noch ein bisschen in Frankfurt gearbeitet, jetzt bin ich nur noch in Lebus. Das macht auch mehr Spaß, ich war vorher nur auf Abruf, am ersten und zweiten Weihnachtsfeiertag kommen sie dann an, das mach ich nicht mehr. Nur noch Privatkunden und Eigenheime.

2013 habe ich mit Charly den *Mückenbusch* gekauft, der hatte 2011 zugemacht und stand zwei Jahre leer. Die Stadt wollte alles abreißen, da haben wir ein Konzept geschrieben. Wir wollten den Fahrradtourismus weitermachen und das Ferienlager, nur nicht mehr mit so vielen Jugend- und Kindertruppen. Die muss man immer betreuen und vor Ort sein, also lieber Fahrradtourismus. Das lebt ja dieses Jahr wieder richtig auf, man merkt das dolle mit den Fahrradfahrern und Zeltern, bis Mitte Oktober sind wir jedes Wochenende ausgebucht. Ich musste viel reinstecken die letzten anderthalb Jahre, aber das gehört nun mal dazu. Ist eine Geldfrage, von der Zeit her geht das. Das ist das Schöne an der Selbständigkeit, man kann sich alles einteilen und muss nicht mehr den ganzen Tag arbeiten gehen. Und so langsam spricht sich das rum mit dem *Mückenbusch*.

Letztens kam eine polnische Familie mit zwei Kindern, ich zeig denen alles, sage: „Hier ist der Kühlschrank, da stehen Getränke drin, kann man sich gerne bedienen." Da meint der Mann auf Englisch: „Ah, das ist der berühmte Kühlschrank!" Ich frage nochmal nach, ob ich ihn falsch verstanden habe. „Ja, das ist der Kühlschrank." „Ich kenne den", sagt er, „ich hab schon in Polen davon gehört, ein Freund von uns war schon einmal hier." Und er strahlt mich an. Tja, schade, dass wir kein Polnisch gelernt haben in der Schule. Russisch hat doch keiner gebraucht.

Beim Karneval in Lebus bin ich der *Mon General Dolf* – das bedeutet, Chef der Männergarde zu sein, Einlasser, Rausschmeißer und gleichzeitig als Männerballett auf dem Karneval vertreten zu sein. Seit 1999 bin ich dabei. Meine beiden Onkels und mein Vater waren beim Karneval aktiv, seit der Gründung ist unsere Familie dabei. Und mein jüngster Sohn war schon zweimal mit, aber viel besser ist, dass er ein Aschermittwochskind ist. Er hat so lange gewartet, dass seine Mutti noch den Karneval mitmachen konnte und ist direkt am Aschermittwoch gekommen. Wir haben an diesem Dienstag 2016 aufgeräumt, am Mittwoch kam er dann gleich früh.

„Der Karneval ist seit den 1960er Jahren sehr beliebt in Lebus."

Der Karneval ist seit den 1960er Jahren sehr beliebt in Lebus. Nur in den Nullerjahren hatten wir mal eine Flaute von sechs, sieben Jahren, wo Karneval ein bisschen uninteressanter war für die Leute, aber seit 2010 ist das wiederaufgelebt. Überall, wo ich hinkomme, egal, ob zum *Edeka* oder sonst wo, die Leute fragen: „Und, ist dieses Jahr Karneval? Können wir? Geht was?" „Keener weiß seit Corona, wat los ist!" Wir können nicht planen. Demnächst haben wir die erste Vorstandsversammlung, da überlegen wir uns was, aber im Moment sieht alles doof aus. Im November wird es bestimmt nichts, vielleicht dann im Februar. Normalerweise geht es nach den Ferien los, die Kleinen fangen dann an zu üben. Die Größeren treffen sich auch schon, beraten, trinken ein bisschen und bauen nebenbei an den Wagen. Eigentlich treffen wir uns das ganze Jahr über. Wer Zeit hat, kommt donnerstags und dann basteln wir an den Umzugswagen. Jetzt haben wir ein großes Projekt, der Wagen ist acht Meter lang, da sind wir am Schrauben. Wir haben den entkernt, neu lackiert und die Elektrik neu gebastelt – das soll ein Umzugswagen werden, wo ein Haufen Leute drauf passen, mit Luftdruckkanonen an der Seite. Das wird bestimmt lustig. Aber da haben wir noch eine Weile zu tun.

Ich habe hier in Lebus alles, was ich brauche. Deswegen musste meine Frau ja auch aus der Schweiz hierherkommen, weil ich gesagt hab, mich verpflanzt du nicht mehr, ich gehöre nach Lebus. Hier kriegst du mich

Das Aschermittwochskind mit seinem Vater.

auch nicht mehr weg. Alles ist da, du kennst jeden, kannst jeden fragen, jeder gibt dir auch gerne, du hast auch bei jedem mal gearbeitet, jeder schuldet jedem mal einen Gefallen.

(*Dolfs fünfjähriger Sohn Gero kommt dazu.*) Dolf fragt ihn: „Was gefällt dir denn an Lebus?" „Alles", ruft er. Und: „Mir gefallen die Buchstaben an Lebus". „Stimmt", sagt Dolf, „ich hab das Lebus-Schild oben angebracht und da kommen wir jetzt nicht mehr ran, um das freizuschneiden, der Hang ist abgerutscht. Man sieht nur noch L und E." „Das ist schlimm", sagt Gero. „Wenn noch mehr zuwächst, ist das kein Lebus mehr!"

Der Mückenbusch am nördlichen Stadtausgang.

MUSEUM

Museum Haus Lebuser Land

Wenn man am *Anglerheim* verweilt hat oder spazieren war und sich die Stadt aus den Oderwiesen, „erschauen" konnte, will man vielleicht wissen, was es mit der Geschichte des Ortes auf sich hat. Wieso ist dieser kleine Ort mit seinen dreitausend Einwohnern eine Stadt? Wer hat hier gelebt und gewirkt? Und wer kümmert sich heute um dieses Erbe? Es gibt einige Aufsteller in Lebus, die auf das *Museum Haus Lebuser Land* verweisen. Eine Möglichkeit ist, vom *Anglerheim* aus die *Oderstraße* rechterhand in die *Schulstraße* hinaufzulaufen. So gelangt man auf mittlerer Höhe des Schlossberges zu einem sanierten Fachwerkhaus, in dem sich das Museum befindet. Vor dreißig Jahren gründete sich der Heimatverein Lebus e.V. und organsierte neben Fliederblütenfesten, dem Ernte- und Weinfest, dem Adonisröschenfest (ja, die Lebuser feiern gern!) die Sanierung, Ausstattung und Einweihung des Museums. Seit fünfzehn Jahren öffnet das Haus nun interessierten Lebusern und Reisenden mehrmals wöchentlich einige Stunden seine Pforten. Themen der Dauerausstellung sind neben der Geschichte der Stadt Lebus auch die des Landes Lebus und des gleichnamigen Bistums. Sonderausstellungen wurden unter anderem der Geschichte der Kampfmittelräumung in Lebus, den Historischen Mühlen und Gaststätten sowie den Dichtern und Künstlern, die der Stadt Lebus verbunden waren, gewidmet. Im Museum treffe ich den Ortschronisten Manfred Hunger und lasse mir vom ihm erzählen.

Manfred Hunger, Jahrgang 1944

„Ich stamme aus der Unstrut-Gegend in Thüringen."

Meine Schwester hat früher im schönen alten Wasserschloss von Heldrungen Führungen gemacht.

In meinem Geburtsort war zu Kriegsende gerade ein kleiner Wohnungsbrand und die Feuerwehr ausgerückt. Die Amerikaner kamen und haben uns die Hausecke weggeschossen, weil sie die Feuerwehr mit Soldaten verwechselten. Die Familie war im Keller, ich lag im Kinderwagen, da kam ein schwarzer Soldat rein und steckte mir ein Stück Schokolade in den Mund, das wars, so ging für uns der Krieg zu Ende.

Nach Lebus bin ich durch meine Frau gekommen. Während der Armeezeit hatte ich meine Ausbildung in Frankfurt (Oder). Bei meinem ersten Ausgang habe ich meine Frau kennengelernt. Zu Ostern 1967 waren wir verlobt und im Sommer haben wir geheiratet, vor ein paar Jahren hatten wir goldene Hochzeit. Meine Frau war Buchhändlerin in der Hutten-Buchhandlung in Frankfurt, ich war Sanitätsunteroffizier. Da ich keine Westverwandten hatte, bin ich zur Grenze gemustert worden, eigentlich zur Ausbildung im Osten. Hätte ich meine Frau nicht kennengelernt, wäre ich vielleicht abgehauen. Später habe ich als Ingenieur im Halbleiterwerk gearbeitet.

Nun war ich Lebuser. Halb-Lebuser zuerst, weil wir in Frankfurt wohnten und regelmäßig zum Haus der Schwiegereltern kamen, wo wir halfen, vor allem im Sommer. Wir waren wohl jedes zweite Wochenende hier, Schwiegermutter hatte einen großen Garten und besserte ihre kleine Rente unter anderem mit Erdbeeren und Gurken auf, Schwiegervater war 1977 gestorben. Gerade in der Erdbeerzeit gab es viel Arbeit. Nach der Wende sind wir ganz nach Lebus gezogen und haben das Haus ausgebaut. Es war abzusehen, dass Mieten teurer werden und Schwiegermutter kam allein nicht so recht klar. Seit 1995 sind wir Voll-Lebuser.

Als ich das erste Mal im Winter 1966 nach Lebus kam, habe ich nicht viel vom Städtchen wahrgenommen. Mit meiner Frau kam ich vom Bahnhof und wir sind spazieren gegangen, es war früh dämmrig im Dezember und ich musste den Rückzug von Küstrin nach Frankfurt bekommen, um rechtzeitig wieder in der Kaserne zu sein. Verheiratet hatte ich dann mehr Ausgang, konnte im Sommer länger bleiben und bin oft in den späten Abendstunden nach Frankfurt zurückgeradelt. Mit meinem Schwiegervater sind wir eines Sonntags spazieren gegangen und er sagte: „Jetzt schauen wir uns mal die Burg an.“ Wir sind vom *Anglerheim* und *Försters Gasse* zu den Ausgrabungen auf den Burgberg gestiegen – und ich habe gestaunt. Als Thüringer ist man ja ein bisschen überheblich, wenn man herkommt. (Mein Geburtsort Gorsleben wurde 772 das erste Mal erwähnt.) Da sagt man schnell: „Was habt ihr schon an Geschichte?“ Hier ist doch alles Tabula rasa.

Die Museumsbaracke auf dem Burgberg mit dem Schlüsselbund.

Aber ich hatte nun begriffen, dass es auch hier interessante Geschichte gab. Meine Neugier war geweckt. Als ich damals auf den Burgberg kam, waren die Ausgrabungen nicht mehr in vollem Gange. Die Museumsbaracke, eine ehemalige Anglergaststätte (die wir auch bei uns im Museum abgebildet haben, sogar der Schlüssel hängt bei uns neben dem Bild) stand noch da, mit der ursprünglichen Aufschrift *Zur Scharfen Harpune.* Die Türme waren freigelegt, man konnte alles in Augenschein nehmen, die Grundmauern und Umfassungsmauern. Das war spannend für mich.

Als Ingenieur im Halbleiterwerk habe ich später mein Kollektiv davon überzeugt, mal einen Brigade-Ausflug nach Lebus zu unternehmen. Wir haben uns die Burg angeschaut, das Museum besichtigt und waren im *Anglerheim* essen. Per Dampfer sind wir angereist und ich sah bei dieser Gelegenheit zum ersten Mal dieses kleine Museum von innen. Professor Unverzagt (Wilhelm Unverzagt, Prähistoriker, ab 1926 Direktor des Museums für Ur- und Frühgeschichte in Berlin, unter anderem Grabungen in Lebus 1938–1944 und 1960–1971) vertrat die Philosophie, das, was man findet, auch hier an Ort und Stelle zu zeigen. Die Funde sollten gesäubert, aufbereitet und mit einer entsprechenden Dokumentation versehen werden, um die Zusammenhänge am jeweiligen Fundort besser zu verstehen. Deshalb hatte er eine Anglergaststätte bei Berlin demontieren und hier wiederaufbauen lassen. So konnte er alles vor Ort zeigen.

„Jede Mal, wenn man etwas findet, gibt einem das Bestätigung."

Nach der Wende war ich SPD-Stadtverordneter, zuerst in Frankfurt (Oder), dann in Lebus. Eines Tages fragte mich hier der Ordnungsamtsleiter Golze, ob ich mich nicht mit der Lebuser Stadtgeschichte beschäftigen wollte. Sie suchten jemanden, der die Arbeitsgruppe Chronik leitet. Ich bin allmählich reingewachsen. Bernd Tillack war Bürgermeister und Vorsitzender vom Heimatverein und hat mich immer mehr mit einbezogen. Und, wenn man einmal Blut geleckt hat, kann man nicht mehr davon lassen. Im Unterschied zur Thüringischen Geschichte, wo man nicht mehr so viel Neues entdecken kann, konnte man das hier. 1945 war Lebus zerstört worden und viel Archivmaterial verloren gegangen. Man musste an vielen

Stellen neu anfangen: Zeitzeugen befragen, in die Archive gehen – das sind natürlich Forschungserlebnisse! Jedes Mal, wenn man etwas findet, gibt einem das Bestätigung.

So habe ich zum Beispiel in Potsdam im Archiv eine Urkunde gefunden: In der Zeit Friedrich II. hatte Lebus kein „Kittchen“ mehr, weil das alte ruinös war und abgerissen werden musste. Der Amtsvorsteher verlangte aber, dass jeder Straffällige eingesperrt wurde. Das waren meist Knechte, die gesoffen oder geprügelt hatten, sie sollten weggesperrt werden. Ein, zwei Tage, manchmal eine Woche. Und da man keine Haftzelle hatte, hat man irgendeinen Bürger verdonnert: „Du musst den jetzt mal eine Woche einsperren!“ Das hat überhaupt nicht funktioniert, denn der Bestrafte hatte gleichgeartete Kumpels, die ihn abends besuchten und mit ihm getrunken haben. Und wenn der Hauswirt was dagegen hatte, haben sie den verprügelt – jedenfalls waren das untragbare Zustände! Die Bauern und Bürger haben sich beschwert und gesagt, wir brauchen wieder eine Haftanstalt. Friedrich der Große war natürlich für seine Sparsamkeit bekannt und so hat man den Vorschlag gemacht: An der Kirche zwischen Chorraum und der Ecke zum Querschiff stehen doch schon zwei Mauern, da brauchen wir nur noch zwei weitere Mauern bauen und ein Dach drüberlegen, schon haben wir eine Zelle. Ich habe eine Art Kostenvoranschlag dazu gefunden und ihn übertragen – war es vielleicht der Vorläufer des heutigen kleinen Anbaus im Südosten des Chorraumes?

Eine zweite Sache, die ich in den Archiven gefunden hatte, war eine Abbruchanweisung der Burg, auch vom Alten Fritz. Die Burg war damals so ruinös, dass die großen Türme, die noch standen, einzustürzen drohten. Ein Blitz hat den einen Turm (wahrscheinlich der an der Südostseite) bis zur Grundmauer gespalten, so dass er einzustürzen und auf die Häuser unten im Tal zu fallen drohte. Die Bürger mahnten an und fragten, ob die alten Türme und Mauern nicht abgerissen werden könnten. Der Soldatenkönig (Vater Friedrichs des Zweiten) hatte den Abriss verboten, es solle die Erinnerung an das alte Bistum Lebus bewahrt bleiben. Als sein Sohn an die Macht kam, stand das Problem immer noch, außerdem wollte der König im Oderbruch kolonisieren und hatte auch die Kolonie Neu Lebus (heute Nowy Lubusz) gründen lassen. Jetzt benötigte er eine neue Ziegelei. Für eine Ziegelei brauchte man einen Brennofen und für diesen schöne feste Backsteine. Da kam die Idee auf, na, wenn wir da oben das Schloss abreißen, die alte Ruine, dann haben wir alte feste Steine im Klosterformat. Friedrich II. hat also eine Abbruchanweisung erlassen. Zwei Maurermeister (einer aus Lebus und einer aus Frankfurt (Oder)) sollten die Burgruine abtragen. Drei Etappen wurden festgelegt, es gab drei Prämien, der Preis wurde ausgelobt und bestimmt. Außerdem – und das hat mich damals besonders erstaunt – wurde festgelegt, dass bei den Arbeiten nichts passieren dürfe, Unfallsschutz war angeordnet! Und die Steine sollten heil und wiederverwendbar geborgen werden, nicht, dass sie sie achtlos nach unten warfen und sie dort zerbrachen. Das hat mich natürlich interessiert (ich habe Stunden gebraucht, um die Akte zu übertragen).

Diese Abbruchanweisung hat uns geholfen, wir haben unser Museums-Burgmodell 2005 danach gebaut. In der Anweisung war verzeichnet, wieviel Steine zu erwarten waren, nach Größe der Türme und ihrem Durchmesser. Ich konnte die Angaben von Ellen in Meter umrechnen und wir hatten die Maße der Türme. Und wir haben die Ergebnisse der Unverzagt-Ausgrabungen, bei denen die Mauern in ihrem Verlauf freigelegt worden waren, genutzt. Wir legten Sperrholzplatten übereinander und sägten nach den Höhenlinien des Messblattes das Geländeprofil aus, die Konturen wurden ausgeschnitten und ausgeglichen.

Am Abschnittsgraben hat im Nordosten auch noch ein Turm gestanden. Da ist jetzt das Grundstück Wilkes, der sagt, in seinem Keller und in der Scheune sind noch Mauerreste, die auf Turmfundamente hinweisen. Eigentlich ist es auch logisch, wenn man das Modell sieht, vier Ecken, vier Türme. Die Archäologen sagen: „Da haben wir nichts gefunden, also können wir da auch nichts darstellen“. Doktor Christof Krauskopf (Brandenburgisches Landesamt für Denkmalpflege, Archäologisches Landesmuseum) hat uns die historischen Hinweise gegeben, wie eine Burg um 1400 in etwa aussah, welche Zinnen und welche Dächer zu erwarten waren. Nun konnten wir den Besuchern etwas zeigen und sagen, so hat die Bischofsburg, welche 1765 auf Geheiß Friedrich II oberirdisch abgerissen wurde, im Prinzip mal ausgesehen. Das war ein besonderes Erlebnis und Ergebnis! Von den Ziegeleien, die es in Lebus gab, ist übrigens nichts mehr zu sehen.

Wir sind 1995 hergezogen, da hatte ich erstmal zu tun mit Auf- und Umbau, meine Töchter haben sich verheiratet, und ich bin dann 1999 in

Das Burgmodell im Museum.

den Heimatverein eingetreten. Ich war Stadtverordneter, Vorsitzender des Ordnungs- und dann des Sozialausschusses. Die Stadtverordneten haben mich 2005 als Ortschronisten benannt. Das fordert eine Menge Zeit, aber es macht auch Spaß. Mit dem Nachwuchs haben wir ein Problem, ich würde mich freuen, wenn es welchen gäbe. Den Jüngsten, den ich vor ein paar Jahren für den Heimatverein gewinnen konnte, ist Sven Hübscher, der ist so alt wie meine jüngste Tochter. Mit dem Kinder- und Jugendhaus sowie der engagierten Jugendsozialarbeiterin Maren Nickel haben wir mehrere Projekte gemacht, haben uns mit Werner Koch, als der noch lebte, zusammengesetzt und Projekte besprochen. Die Kinder haben Fragen gestellt zur Lebuser Geschichte, zu den Sagen. Und sie haben die bekannten Sagen nochmal neu gedeutet, modernisiert und vorgetragen, das ist gut angekommen.

„Der Bronzehortfund, das war ein Ding!"

Der Bronzehortfund, das war ein Ding! Ich kam gerade aus dem Urlaub zurück und hörte, man habe einen bedeutenden Fund gemacht. Damals hatte ich noch in dem kleinen Chronikraum im Schützenhaus gearbeitet. In einem Nebenraum der Gaststätte lagen die Bronzefunde in mehreren Ostkisten. Ich habe mir erklären lassen, was sich ereignet hatte. Und zwar hatte man auf dem Schlossberg eine Baugrube ausgehoben und die archäologische Begleitung (die ja immer erforderlich ist, vor allen auf dem Schlossberg, wo etwas zu erwarten ist) kam entweder zu spät, oder die Bauarbeiter haben zu früh mit dem Tiefbau angefangen. Man hat ja immer ein bisschen Probleme, wenn die Archäologen kommen: Wird etwas gefunden, gibt es Bauverzug. Jedenfalls war die Baugrube schon fast ausgehoben, als die Archäologen kamen. Am Abend des ersten Tages der Aushubarbeiten strolchten mehrere Kinder dort herum, eins war der Sohn des des Doktor Schopper (Franz Schopper, Direktor des Brandenburgischen Landesamtes für Denkmalpflege). Und sie fanden, ich glaube, der Baggerführer hatte die Kinder darauf aufmerksam gemacht, drei Bronzebeile. Der Sohn von Franz Schopper nahm sie mit nach Hause und zeigte sie seinem Vater. Der sagte: „Oh, Spätbronzezeit. Bestimmt ein Hortfund!"

Der Bronzehort vom Burgberg Lebus stellt mit rund 22 Kilogramm den größten Depotfund der späten Bronzezeit dar, der bislang in Brandenburg entdeckt wurde. Seine über 100 Einzelstücke bestehen aus 103 Beilen, zwei Ringen, einem Schwertfragment und dem Reststück eines Gussvorgangs. Der Fund wurde im Zusammenhang mit Bauarbeiten im August 2003 auf dem Burgberg gemacht.

Hortfunde waren in der Spätbronzezeit üblich, man hat größere Mengen von Bronzeteilen rituell vergraben. Der Bauschutt war inzwischen schon vier Kilometer nördlich von Lebus bei Podelzig abgeladen worden, in drei großen Halden. Soweit der nicht ordnungsgemäße Verlauf der Fundsache. Die Archäologen legen immer Wert drauf, dass sie in situ dokumentieren können, aufnehmen, fotografieren, zeichnen – das war nun hier nicht möglich. Wir hatten gerade eine Jugend-ABM, die die Aufgabe hatte, Aushub, der im Amtsgarten gelagert war, durchzusieben. Die wurden schnell umdisponiert, nach Podelzig geschickt und sollten die Halden untersuchen: Ob noch mehr zu finden sei von diesem Bronzehortfund.

Die ABM-Kräfte haben nichts gefunden und bald wurde Frank Slawinski gerufen, unser Sondengänger. Er hat eine Sondelgenehmigung und fand an einer Stelle sehr schnell den restlichen Fund, das heißt Scherben von dem Tongefäß, in dem alles eingelagert gewesen war: 105 Bronzeteile, auch Stoffreste und die Patinaanhaftung an der Innenseite des Tongefäßes. Das wurde geborgen und kam erstmal nach Lebus. Frank Slawinski sprach mit Doktor Schopper und allen möglichen anderen Leuten, die Presse berichtete. Die Funde verblieben noch eine Weile in Lebus im Schützenhaus in den Obstkisten, bis sie nach Wünsdorf abgeholt wurden. Doktor Schopper machte uns da keine Hoffnungen: „Wir müssen jetzt ein Jahr lang alles untersuchen, dann kommt der Fund in das neue Landesmuseum."

In Potsdam fand zuvor eine beeindruckende Präsentation bei Kulturministerin Wanka (Johanna Wanka, von 2000 bis 2009 Ministerin für Wissenschaft, Forschung und Kultur in Brandenburg) statt. Nachdem der offizielle Teil abgeschlossen war, hatten wir zusammengesessen mit ihr, Bernd Tillack und ich, und uns auf die Philosophie von Professor Unverzagt berufen. Wir haben zu ihr gesagt, „der spiritus loci – der Geist des Ortes, wo der Fund gemacht wurde, spielt doch eine eigene Rolle". Wir haben sie als Heimatverein überzeugt, dass wir zumindest Repliken bekommen. Der Hortfund war so wichtig und prägnant, dass wir keine Chance hatten, ihn nach Lebus zu bekommen, zumal wir nicht für die Sicherheit garantieren konnten. Wir haben im Verein Spenden gesammelt und die Repliken beauftragt, die wir heute zeigen. Hilfe bei ihrer Anfertigung haben wir von Seiten der Ministerin und von Doktor Schopper bekommen, der damals noch Lebuser war. Hilfreich war aber auch die Spendenbereitschaft der Bürger. Unsere fünfzehn Repliken, die bei uns in einer Vitrine ausgestellt sind, repräsentieren die wichtigsten Elemente des Fundes, wir können alle Typenvertreter zeigen.

Das war ein großer Erfolg, vor allem, weil wir darstellen konnten, wie bedeutend Lebus vor 3.000 Jahren war. Die metallografische Untersuchung und die Stilelemente weisen auf die Herkunft der Beile: Sie kamen

„Das war ein großer Erfolg, vor allem, weil wir darstellen konnten, wie bedeutend Lebus vor 3.000 Jahren war."

aus Oberitalien, Nordungarn, dem Baltikum und Nordwestdeutschland, die meisten aus der Lausitzer Kultur. Lebus hatte also damals eine überragende Bedeutung als Handelsplatz, eine Handelsstraße kreuzte die Oder, die vom Westen bis nach Russland führte. Der Bronzehortfund war eine rituelle Vergrabung, hier wollte keiner nur etwas in Sicherheit bringen. Die Bewohner der Burg wollten vielleicht die Gottheit des Berges günstig stimmen und legten ein Opfer nieder. Es war nicht dazu bestimmt, wieder hervorgeholt zu werden. Die Beile scheinen zum Teil gebrauchsunfähig, hatten Lunker und Schadstellen, entscheidend war der Metallwert. Die Funde wurden in einer Zeit niedergelegt, als die Bronzeherstellung durch kriegerische Ereignisse kompliziert war, man brauchte Nachschub an Kupfer aus dem Süden, Zinn aus Frankreich und England – das musste erstmal funktionieren. So hat man recycelt, alte Teile wieder aufgeschmolzen und neu vergossen. In der Spätbronzezeit war derjenige, der das richtige Mischungsverhältnis von Zinn und Kupfer sowie die weitere Behandlung der Bronze beherrschte, eine Persönlichkeit mit Macht und Einfluss.

Es ist anzunehmen, dass dieser Mensch sein Wissen nutzte, um quasi als „Herr des Berges", verbunden mit einer priesterlichen Funktion, eine beherrschende Stellung auszuüben. Es ist nichts Schriftliches überliefert, aber aus Thüringen weiß man zum Beispiel, dass dort Kenntnisse der Metallurgie eine Machtstellung mit sich brachten. Doktor Schopper meinte, ein Beil hätte etwa dem Gegenwert eines Ochsen entsprochen.

Professor Unverzagt wollte übrigens bei seiner ersten Grabung schon an genau der gleichen Stelle den Spaten ansetzen lassen. Wilhelm Unverzagt war Chefarchäologe des Dritten Reiches und auf diesem Grundstück hatte eine Frau Schindler gesagt: „Da dürft ihr ein Loch machen und dort. Sonst nirgends, ich muss erst meine Kartoffeln abernten". Die Archäologen konnten also nur einzelne Sondagen machen.

Der Silberschatz, der bei Kunersdorf gefunden wurde, ist rund 2.000 Jahre jünger als der Bronzehortfund. Die genaue Fundstelle verrät uns

Frank Slawinski nicht, sie muss vor Raubgräbern geschützt bleiben. Eine Obstwiese sollte erweitert werden, er hatte die Erlaubnis, dort zu sondeln und fand am Fuß einer Böschung mehrere Silbermünzen. Je höher er ging, desto mehr kamen zutage und schließlich fand er die Reste eines Gefäßes, Fetzen eines Stoffbeutels und insgesamt 2.300 Münzen aus dem hohen Mittelalter. Er nimmt an, dass in der Nähe eine Granate im Zweiten Weltkrieg eingeschlagen ist, dass das Gefäß zerstört wurde und die Münzen den Abhang herunterrollten, deshalb hat er sie so gefunden. Die Silbermünzen stammen aus der Zeit 1.000 bis 1.100 vor Chr. Die jüngste Münze würde auf die Zeit der Vergrabung hinweisen, und die ist immer noch nicht bestimmt. Eine Münze zu bestimmen, kostet rund fünf Euro und wir haben 2.300 Münzen. Das Geld war lange nicht vorhanden und so hat man den abschließenden Bericht meiner Meinung nach noch immer nicht erstellt. Die Münzen wurden damals einen Tag im Museum schön aufgereiht auf großen Paletten gezeigt. Vor drei, vier Jahren hat Frank Slawinski noch ein einzelnes Medaillon mit einer Figur gefunden, die wie ein Domherr aussah, also aus bischöflichen Zeiten. Die einzelnen Buchstaben als Kürzel (wie es schon bei den Römern bis ins hohe Mittelalter üblich war) sind noch nicht entschlüsselt, das ist für mich hochinteressant. Vielleicht schaffen wir es noch, wir haben ja

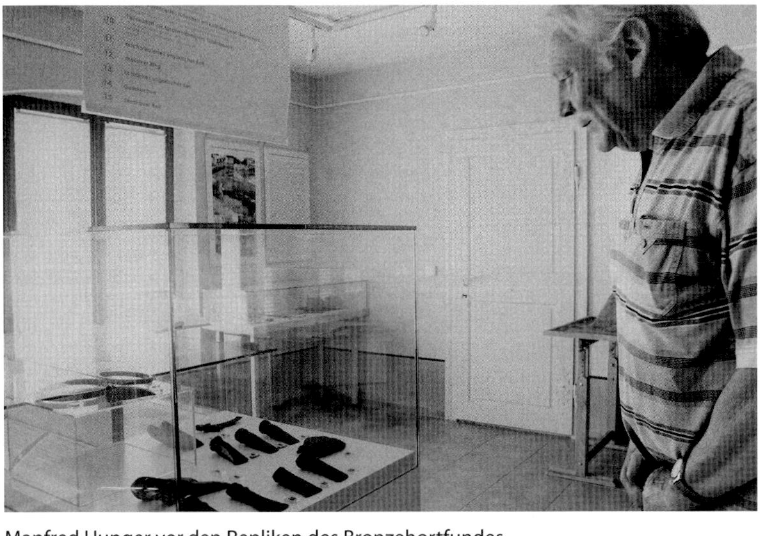

Manfred Hunger vor den Repliken des Bronzehortfundes.

2024/25 das Jubiläum *900 Jahre Bistum Lebus*. Dann wäre es natürlich ein Glück, wenn man sagen könnte, das war zum Beispiel von Bischof Bernhard oder Wilhelm, (*lacht*), aber das ist wohl ein wenig illusorisch.

Aber Schätze gibt es hier, wir sagen unserem Sondengänger ja immer wieder: Bronze-Silber-Gold. Gold fehlt noch. Lebus ist mehrmals zerstört worden und war arm. Nachdem der Bistumssitz und mit ihm ein Teil seiner Verwaltung verlegt worden war, wurde Lebus eine Bauernstadt. Es ist kaum anzunehmen, dass jemand Gold vergraben hat. Obwohl, im Mittelalter hat es entlang des Handelsweges viele Vergrabungen gegeben, in Kunersdorf und Leisow (Lisów) zum Beispiel. Leisow ist praktisch die Verlängerung des Handelsweges, dort wurde 1894 ein großer mittelalterlicher Münzschatz gefunden und auf dem Grundstück Uckrow in Lebus, unweit von der Fährstelle, gab es etwa um die gleiche Zeit einen großen Fund aus slawischer Zeit. Man nimmt an, dass Kaufleute hier an der Handelsstraße, wenn sie in unsicheren Zeiten nach Lebus kamen, ihr Geld vergraben haben, bevor sie die Stadt betraten. Wenn das Geschäft abgeschlossen war, haben sie es wiedergeholt, oder eben auch nicht. Vielleicht sind sie umgekommen, auf jeden Fall war es eine Art Notvergrabung.

„Nachdem der Bistumssitz verlegt worden war, wurde Lebus eine Bauernstadt."

Die vier Männerleichen, die 2009 auf dem Schlossberg gefunden wurden, waren vermutlich Krieger und gehörten zur Burgbesatzung. Sie hatten eingeschlagene Schädel und man nimmt an, dass nach einer Eroberung der Burg die ganze Besatzung hingerichtet wurde. Eine gab es zum Beispiel durch den Thüringer Landgrafen Ludwig, die Besatzung hatte sich nicht ergeben und als sie besiegt worden waren, hat man sie getötet und achtlos in die Grube geworfen. Das könnte um 1220 gewesen sein, aber auch früher oder später, Belagerungen kamen ja oft vor. Nicht umsonst galt oft die Losung: Lebus oder der Tod. Das hieß: wer Lebus besitzt, hat den Schlüssel des Landes Lebus. So hat es Herzogin Hedwig ausgedrückt, als 1250 Lebus für die Piasten verloren ging: Nun ist der Schlüssel des Landes verloren. Lebus hat immer eine große strategische Funktion gehabt und ist oft umkämpft worden. Deswegen gab es die vielen Zerstörungen, viele Schichten mit Brandhorizonten: Aufbau, Zerstörung. Die Lebuser selbst wollten nie Krieg, ich habe zum Ersten Weltkrieg Stimmungsberichte gelesen, wo in den Städten wie Frankfurt die Begeisterung groß war; „Siegreich wollen wir Frankreich schlagen, Weihnachten sind wieder zu Hause." Auf dem Lande war es dagegen so, dass die Bauern verärgert waren, weil sie mitten in der Ernte steckten, ihnen die Leute abgezogen wurden und alles drunter und drüber ging. Im Zweiten Weltkrieg ist Lebus dann beinahe vollständig zerstört worden. Ich freue mich über jedes Stück, was trotzdem gefunden wird.

Der große Stadtbrand von Lebus im Jahr 1801 soll die Brandstiftung einer jungen Frau gewesen sein, die aus irgendeiner Verärgerung – vielleicht war sie auch ein bisschen wirr im Kopf – die Unterstadt angezündet hat. Die ganze Unterstadt hat damals gebrannt, das Feuer brach im Juni aus, es war eine heiße Wetterlage mit Ostwind und von der Oderstraße aus hat es die Stadt erfasst, auch Kirche und Schule. Die Oberstadt gab es damals noch nicht. Ein paar Jahre später gab es nochmal einen großen Brand im Fischerkietz, da ist vermutlich der Rest abgebrannt. Sie finden hier kein Haus, das älter ist, nur ein paar Gewölbe, in der Kirche eine Gruft aus dem Mittelalter und ein paar alte Keller im Pfarrhaus und hier im Museum. Das Älteste, was wir in Lebus haben, sind die beiden Grabstelen, die rechts und links am Nordeingang der Kirche stehen. Eine gehört zur Ehefrau des ersten evangelischen Burghauptmanns. Mit der Reformation säkularisierte der Kurfürst von Brandenburg das Bistum und setzte einen neuen Hauptmann auf der Burg ein. Gleichzeitig wurde der erste evangelische Pfarrer benannt, das haben wir vor ein paar Jahren zum 500. Jahrestag der Reformation thematisiert. Bis zur Reformation hatte der Bischof die Blutsgerichts-

Die Fundstelle Schlossberg 26/27 liegt in der südlichen Hälfte der mittleren Burg, die 1249 zunächst weiterhin Herzog Boleslaw II. von Schlesien gehörte und noch im selben Jahr an den Markgrafen von Brandenburg überging. (…) Zwischen 1200 und 1239 wurde die Lebuser Burg zerstört. (…) Da Herzog Boleslaw II. von Schlesien 1249 im Rahmen eines Bündnisvertrages die Hälfte der mittleren Burg an Erzherzog Wilbrand abtrat, grenzt sich das kriegerische Ereignis sehr stark auf 1239 ein. In jedem Fall geht das Mehrfachgrab auf ein Ereignis zurück, bei dem Teile der Burg eingenommen wurden und die Lebuser Kathedrale das Ziel war, was für die Magdeburger Aktivitäten sprechen könnte. (*Blandine Wittkopp in: Archäologie in Berlin und Brandenburg, 2010*) barkeit und Lebus beschäftigte gemeinsam mit der Stadt Müncheberg einen Henker, der in Personalunion Scharfrichter und Schinder war. Als solcher hat er das gestorbene Vieh entsorgt, das galt damals als unehrenhafter Beruf. Auf dem Kietzer Berg gab es eine Gerichtsstätte mit Galgen und dort oben, wo heute noch der „Galgenbaum“ steht, haben sie ihr Geschäft verrichtet. Ein Kollege hat mal nachgeforscht und fand ein paar Namen von den Henkern. Eine Hinrichtung kam selten vor, so dass Lebus keinen ständigen Henker brauchte, wahrscheinlich wurde der gerufen, wenn wirklich mal was anstand. Es ist nicht bewiesen, dass dort Leichen zur Abschreckung hingen. Die Brandstifterin von 1801 ist zur Hinrichtung verurteilt worden, aber da war die Blutgerichtsbarkeit schon nicht mehr hier.

Eine „Pletsche“ ist im Lebuser Platt, das man hier gesprochen hat, eine Tonscherbe, und weil man dort en gros Tonscherben gefunden hat, bekam der Berg den Namen Pletschenberg. Der bekam 1250, als auch der Burgberg dreigeteilt war, eine gesonderte Burg mit eigenem Bergfried. Diese Pletschenbergburg im Norden gehörte dem Erzbischof von Magdeburg, der Turmberg im Süden dem Kurfürsten, dazwischen auf dem Schlossberg standen der Dom, die Bischofskirche und die Klausur. In der Umgebung des Pletschenberges haben die Lebuser Holzkohle gefunden. Die ersten Wallanlagen waren aus Eichen und Buchen, die sind bei Eroberungen unvollständig verbrannt, so entstand Holzkohle. (*Manfred Hunger*)

Professor Unverzagt hatte 1938 im Norden von Lebus auf dem Pletschenberg mit seiner ersten Grabung begonnen. Er hatte ein für Lebus bedeutsames Schlüsselerlebnis. Er machte mit seinem Freund Gerhard Bersu einen lustigen Himmelfahrtsausflug an die Oder und muss sich dabei regelrecht in diese Landschaft verguckt haben. Ab 1938 ließ er hier graben, der damalige Bürgermeister Friedrich Lüder war sehr aufgeschlossen und vermietete ihm das ehemalige Herrenhaus auf zehn Jahre.

Nach der Reformation wurde der Besitz des Bistums in Staatsbesitz säkularisiert. Es entstand hier die Domäne Lebus. Der Domänenpächter war gleichzeitig Amtshauptmann und wohnte im Amtspächterwohnhaus. Als die Domäne 1911 aufgelöst wurde, erhielt die Stadt das Haus, fand aber keine richtige Verwendung dafür. Bürgermeister Fritz Lüder war froh, als Unverzagt 1938 sagte: „Ich richte hier eine Außenstelle des Museums für Ur- und Frühgeschichte ein.“ Er hat das ganze Herrenhaus in Beschlag genommen, unten wurden Mu-

Das älteste Denkmal in Lebus: Grabplatte neben dem nördlichen Eingang der Stadtkirche von 1592. Abgebildet ist H. v. Gröben, die Ehefrau des ersten Burghauptmanns nach der Reformation, Georg von Rohr.

seumsräume eingerichtet, oben waren Gästezimmer und für Professor Unverzagt stand immer ein Zimmer bereit. Er besuchte oft seine Außenstelle in Lebus, um hier zu arbeiten. Außerdem gab es Schulungs- und Seminarräume für Studenten. Die Lebuser haben immer vom „Schloss" gesprochen. Zum Ende des Zweiten Weltkrieges gab es eine große Auseinandersetzung, der Professor wusste auf dem politischen Klavier zu spielen, er hatte Himmler hinter sich. Und Himmler hoffte, dass durch die Ausgrabungen in Lebus die germanische Vergangenheit der Region bewiesen werden könnte. Gleichzeitig war Göring als Chef des Vierjahresplans und der Waffenforschung daran interessiert, das Herrenhaus als zentrales Gebäude für seine Waffenforschung zu bekommen. Er wollte ein Netz für Artillerie-Munitions-Forschung aufbauen, die beiden haben sich in die Haare gekriegt (ebenso die Vertreter von Himmler und Göring). Unverzagt stand dazwischen, hat lange Zeit lanciert und letztlich verhindert, dass die Munitionsforschung nach Lebus kam.

Der diesbezügliche Schriftverkehr ist aufschlussreich, den habe ich aus Berlin bekommen. Wir stehen in Kontakt mit der Tochter Sibylle Unverzagt.

Sie ist an unseren Bestrebungen sehr interessiert und hat uns unterstützt. Professor Unverzagt hat für Lebus eine große Bedeutung. Zur 775-Jahrfeier wurde er Ehrenbürger von Lebus, bei den Archäologen ist er umstritten.

„Unverzagt, merken Sie sich, mein Gau ist nicht slawisch, war nie slawisch und wird nie slawisch! Wegtreten!“

Während des Krieges musste er irgendwann beim Gauleiter antreten und zu seinen Grabungen Rapport erstatten, da berichtete er, auf dem Schlossberg nichts Germanisches gefunden zu haben. Er habe überall in Lebus was gefunden, aber nicht auf dem Burgberg, nur slawische Funde. Da brüllte ihn der Gauleiter an: „Unverzagt, merken Sie sich, mein Gau ist nicht slawisch, war nie slawisch und wird nie slawisch! Wegtreten!“ Er schmiss ihn raus. Als Wissenschaftler hat Unverzagt seriös gearbeitet, es aber gleichzeitig verstanden, die Gegebenheiten zu nutzen. Zum Beispiel konnte er über die üppig ausgestattete SS-Forschungsgemeinschaft Deutsches Ahnenerbe einige Jahre lang in Lebus graben und die Leute bezahlen.

Unverzagt ist während des Krieges ein paar Mal in Berlin ausgebombt worden, ein Großteil seiner Unterlagen ist verloren gegangen, auch sein Museum wurde mehrfach bombardiert. Gerettet wurden lediglich die Kalendernotizen. Seine Frau und seine Tochter haben die Notizbücher später entziffert und veröffentlicht. Ich finde es sehr couragiert, wie Unverzagt 1945 gehandelt hat. Viele wertvolle Museumgüter waren im Flakturm am Zoo eingelagert. Das war ein stabiles Riesengebäude, in den Kellern lagen Troja 1 und 2 (in Vorbereitung auf den Krieg hatte der NS-Staat Museumgüter in drei Kategorien eingeteilt, Kategorie 1 und 2 waren Silber und Goldschätze, Kategorie 3 umfasste eher einfache Keramik). Bei der Belagerung Berlins durch die Russen saß Professor Unverzagt in einem Bunker auf den Schliemann-Funden, auf den Kisten mit dem Schatz des Priamos aus Troja. Als die Russen kamen, bestand er auf einer ordentlichen Übergabe. Erst wollten sie ihn erschießen, dann kam ein Offizier dazu und er brachte, auf den Kisten sitzend, eine richtige Übergabe zustande. Vielleicht sind auch aufgrund dieses Papiers Teile des Fundgutes nach Deutschland zurückgekehrt und heute im Neuen Museum zu sehen.

Lebuser Herrenhaus zur Zeit der Domäne.

In Lebus war der tiefe, zweigeschossige Keller des Herrenhauses 1935 als bombensicher eingestuft worden und Professor Unverzagt ließ 1943 zwei Schiffsladungen mit Museumsgut der Kategorie 3 nach Lebus bringen. Er forderte Holz an, um Regale zu bauen, das Schriftstück ist noch vorhanden, es wurde alles eingelagert. Auch die etwa fünfzig Lebuser, die aus gesundheitlichen Gründen nicht auf die Flucht gehen konnten, hielten sich dort auf. Die ersten Russen waren wohl freundlich, die Frauen mussten Kartoffeln schälen, aber später war es dann anders. Das hat man oft, dass die kämpfenden Soldaten nicht die schlimmsten sind, sondern die, die Zeit haben für Missbräuche.

Wilhelm Unverzagt legte den Schwerpunkt seiner Forschungstätigkeit auf die Untersuchungen an Burgwällen. Die Grabungen in Lossow (1926–1929), Zantoch (1932–1934), Kliestow (1936–1938) und Lebus (1938–1944) sind zum Teil bis heute forschungsgeschichtlich von großer Bedeutung. Bei der Durchsetzung und Finanzierung dieser Projekte lässt sich erkennen, dass Unverzagt zunehmend und erfolgreich die Tätigkeiten im Sinne der nationalsozialistischen Propaganda rechtfertigte. (...) Vor diesem Hintergrund ist es nachvollziehbar, dass Unverzagt inzwischen über so viele Kontakte verfügte, dass er 1938 die Gründung der Außenstelle in Lebus und den Beginn der auch während der Kriegszeit bis 1944 weiterfortgeführten Grabungen durchsetzen konnte. (*Matthias Wemhoff: Blickpunkt Archäologie 3, 2014, S. 40–43*)

Das Herrenhaus ist zum Teil zerstört worden, vor allem der rechte Teil bekam einen Treffer. Er wäre aber wieder aufbaufähig gewesen. Die neuen

Machthaber sagten den Bürgern: „Baut Eure Häuser wieder auf, das Material könnt ihr Euch von der Kirche und vom Herrenhaus holen". Also wurde demontiert oder demoliert, Balken und Ziegel unsachgemäß entnommen, schließlich ist alles zusammengestürzt. Vieles ist gestohlen worden. Über Lebus schreibt Ceram in seinem Buch „Götter, Gräber und Gelehrte", dass vermutlich Trojakeramik zu Polterabenden in Lebus benutzt wurde.

Die Lebuser Kinder sind gekommen und haben sich Keramik aus dem Herrenhaus rausgeholt. Ceram hat das ein bisschen reißerisch dargestellt, aber ähnliches wird schon vorgekommen sein. Auch 300 der schönsten Trachten aus dem Trachtenmuseum in Berlin waren im Herrenhaus eingelagert, sie sind verschwunden. Die Russen haben solche Dinge nur halbherzig bewacht und die Lebuser, bitterarm, wie sie nach 1945 waren, haben sich einige dieser Stoffe geholt und Kleidung draus geschneidert.

Die Stadt Lebus wurde 1945 zu 95 Prozent zerstört, auch die Häuser auf dem Turmberg, so dass man in einer neuen Ausgrabungskampagne

„Teile der Sammlung blieben verschont und wurden an sichere Orte gebracht. Der Goldschatz des Priamos kam erst zur Preußischen Staatsbank, dann in den Luftschutzbunker am Berliner Zoo. Beide Stätten sind zerstört. Die meisten Keramik-Schätze gingen nach Schönebeck an der Elbe, nach Schloß Petruschen bei Breslau und nach Schloß Lebus. (...) Als eine Wissenschaftlerin die Erlaubnis erhielt, Lebus zu untersuchen, (...) besorgte sie sich 50 Pfund Bonbons und gewann so die Kinder, ihr die alte Keramik herbeizuschaffen (...) so kam doch noch Unversehrtes herbei, aus den Häusern nämlich – wo die Töpfe und Schüsseln und Krüge, aus denen die alten Trojaner und das Königsgeschlecht der Atriden gegessen und getrunken hatte, von den märkischen Bauern erneut in Gebrauch genommen waren! Aber Schlimmeres entdeckte sie. Als der deutsche Zusammenbruch vorbei war, wußten die Überlebenden von Lebus nichts vom Wert der Kisten mit den Tongeräten. Als sich neues Leben im Dorf regte, als jemand heiratete, zogen die jungen Burschen am Polterabend los, holten eine Schubkarre voller Urnen und Amphoren, die unersetzlichen Funde Heinrich Schliemanns, und zerschellten sie unter fröhlichem Geschrei auf der Schwelle des Brautpaares! So wurden Teile Trojas im Jahre 1945 zum zweitenmal zerstört und mit Hilfe eines halben Zentners Süßigkeiten zum zweitenmal gesammelt." (*C. W. Ceram, Götter, Gräber und Gelehrte, S. 65, Rowohlt, 1999*)

Prof. Unverzagt erläutert 1970 den Teilnehmern des II. Internationalen Kongresses für slawische Archäologie (Berlin 24.-28.8.1970) die Befunde auf dem Lebuser Turmberg.

Detailbild der Dauerausstellung im Museum Haus Lebuser Land mit Professor Unverzagt (links).

keine Rücksicht mehr auf vorhandene Gebäude nehmen brauchte. Nur ein inzwischen errichtetes provisorisches Haus im Bereich des Burgtores beziehungsweise des Nordwestturmes wurde enteignet und weggerissen – zu DDR-Zeiten hatte man damit offenbar keine Probleme. Wilhelm Unverzagt war in der DDR und in Polen als Wissenschaftler sehr geschätzt. Er organisierte in Lebus 1970 einen großen Slawisten-Kongress, zu welchem viele internationale Vertreter anreisten, zum Beispiel aus Polen. Auf dem Foto im Museum sieht man, wie er mit den ausländischen Wissenschaftlern spricht.

Unsere Verbindungen nach Polen sind heute sehr gut, wir haben zum Beispiel Kontakt zu Dr. Magda Abraham-Diefenbach, sie wohnt in Nowy Lubusz und lehrt an der Universität Viadrina in Frankfurt. Sie hat mir kürzlich eine E-Mail geschrieben und von einer neuen Aktion berichtet. Vor ein paar Jahren hatte ich mit ihr die deutsche Geschichte der Ortsteile von Lebus recherchiert. Neu Lebus, Tirpitz im Norden, Lebus rechts der Oder. Ich habe in Polen auch schon einen Vortrag gehalten, wir arbeiten sehr gut zusammen. Vor ein paar Wochen hat sie im Rahmen der „Grenzgespräche" einen Vortrag über Vertreibung gehalten, da konnte ich per Internet teilnehmen. Wir haben als Heimatverein eine

Idylle rechts der Oder, 2021.

Partnerschaft mit Vitnica, früher Vietz, aber das Verhältnis ist mit den neuen Verhältnissen dort nicht besser geworden. Wir hatten einen sehr guten Start gehabt, aber die offizielle Atmosphäre in Polen ist zurzeit nicht günstig. In Danzig sollte der Museumsdirektor abgelöst werden, weil seine Ausstellung zu deutsch-freundlich sei – schade um die bisher erreichte Verständigung und Freundschaft. Es ist aber auch schlimm, was die Deutschen angerichtet hatten, die Retourkutsche war dann dementsprechend. Manches kann man gar nicht veröffentlichen, so furchtbar sind einige Schilderungen in den Zeitzeugenberichten. Wir wollten uns auf Verständigung hin orientieren, nicht weiter Emotionen schüren und haben manches nicht publiziert. Wir Deutsche haben das Ganze losgetreten.

Früher hatten wir in Lebus eine Fährstelle, die gibt es nicht mehr. In der ersten Zeit nach 1945 sollen noch deutsche Angler und Fischer von der polnischen Seite beschossen worden sein. Die haben richtig rüber geschossen, die Wut war noch voll vorhanden. Aber es gab auch immer ganz besondere Einzelfälle: Da war ein junges Mädchen – ich kann es bis heute noch nicht verstehen – deren Mutter rechts der Oder gewohnt hat und die bei der Flucht ihre Zahnprothese vergaß. Das Mädchen ist heimlich mit dem Boot über die Oder rüber und hat die Prothese geholt, und ist auch unbeschadet wieder zurückgekommen. Wie immer im Leben gibt es solche und solche Geschichten. Und zwei Häuser weiter (neben dem Museum) war ein kleines Bauerngrundstück.

Als Lebus schon evakuiert war, hat sich die Tochter des Hofes nachts immer hierher geschlichen, die Ziegen gemolken und die Milch zurückgetragen. Und eines schönen Tages waren die Russen da, denen hat sie Milch abgegeben, sie haben sich unterhalten und ihr nichts getan, so ging das ein paar Tage, sagt sie, und dann haben ihr die Russen gesagt: „Morgen nicht mehr kommen, morgen ist Angriff". Man staunt immer wieder, es hat auch die anderen Fälle gegeben.

„Morgen nicht mehr kommen, morgen ist Angriff."

Der Autor Günter Eich (1907–1972) stammt von rechts der Oder und verbrachte nur eine kurze Zeit seiner Kindheit hier. Er ist später nur noch ein paarmal hergekommen, aber er hat Gedichte geschrieben, die mit der Landschaft seiner Kindheit verbunden sind. Wir haben im Museum das Gedicht „Oder mein Fluss" in voller Länge aufgezogen und angebracht, unter dem Dach hing auch „Die Inventur", aber das hat der Wind runtergefegt. Museumsbesucher, die aus dem Westen kommen, sagen oft: „Ach ja, über ihn musste ich im Abitur schreiben". Und im Osten sagte man: „Günter Eich, wer war denn das?" Dabei war er einer der produktivsten deutschen Hörspielautoren und gehörte der berühmten literarischen Gruppe 47 an. 2021 wurde die erneuerte Dauerausstellung zu Günter Eich im Dachgeschoss des Museums eröffnet. Der Maler Karl Lukas Honegger (1902–2003) ist auch Ehrenbürger von Lebus, er hat bis 1944 rechts der Oder, nicht weit von dem Haus, wo Günter Eich geboren ist, bei einem Bauern logiert und ist zurück in die Schweiz gegangen, als die Front näherkam. Zu ihm gibt es im Museum auch eine Dauerausstellung.

Aus dem Vorstand des Heimatvereins bin ich schon vor Jahren ausgetreten, ich konzentriere mich auf mein Amt als Ortschronist und bin innerhalb des Heimatvereins für die Geschichte zuständig, aber ohne leitende Funktion. Das liegt mir nicht. Auch an anderen Stellen, als Stadtverordneter, beim DRK im Frankfurter Kreisvorstand, im Gemeindekirchenrat, bei den Naturfreunden usw. habe ich mein Engagement zurückgefahren. Mit 77 Jahren darf man das wohl. Meine Frau und ich, wir haben ein Grundstück mit Garten, wo ich gebraucht werde. Außerdem fahre ich viel mit dem Rad und nehme gern alles Mögliche an Kultur mit, was ringsum geboten wird. Und sehr oft bin ich auch noch hier – im Museum.

Lebus vom Damm von der polnischen Seite aus gesehen.

Die Stadtkirche, der Poetensteig und die Oderlandschaft.

Poetensteig

Vom Museum aus gelangt man über die *Schulstraße* in ein paar Schritten an die Evangelische Kirche am *Bischofsplatz*. Und steht mitten in der Altstadt, die noch immer etwas kahl wirkt, auch wenn beinahe jedes Jahr ein neues Haus den Platz säumt. Die Kirche wirkt unproportional. Wenn man die beiden mittelalterlichen, aufrecht in eine Torwand eingelassenen Grabstelen passiert hat, versteht man plötzlich, dass das einstige Kirchenschiff heute ein nicht überdachter Hof mit Umgang, kleinem Gemeindehaus (der ehemalige Chor der Kirche), Bänken, einem Zu-Verschenken-Bücherschrank und Grünflächen ist. Vom Hof gelangt man in den verkleinerten Bau der klassizistischen Kirche mit ihrer Orgel aus der Frankfurter Orgelbauwerkstatt Wilhelm Sauer. Im Mittelalter stand die Domkirche des Bischofssitzes Lebus ein paar dutzend Meter entfernt auf dem Schlossberg. Mit der Einführung der Reformation endete die Geschichte des Bistums Lebus.

Von einst fünf Stadtkirchen ist lediglich diese eine erhalten geblieben. Ihr Turm ist von Süden, Norden und rechts der Oder weithin sichtbar. Schwere Treffer hatten im Zweiten Weltkrieg vor allem das Langhaus und das Querschiff beschädigt, der Westteil konnte 1955 als Notkirche wieder eingeweiht werden. Die Restaurierung der Außenmauern des Schiffes und die Überdeckung des Chorraumes erfolgten in den 2000er Jahren. Südlich der Kirche nistet jedes Jahr ein Storchenpaar auf einem hoch angebrachten Wagenrad. Ich diskutierte im Frühjahr mit einer anwohnenden Nachbarin (mit einem der schönsten Rosengärten der Stadt) darüber, ob es zwei oder drei Junge seien, die dort heranwüchsen. Wir wurden uns nicht einig, so wuselig war das Schnabelkonzert.

Hinter der Kirche steigt man über den malerisch angelegten *Poetensteig* zum 550 Meter langen und bis zu 100 Meter breiten Bergrücken hinauf, der sich in Burgberg, Schlossberg und Turmberg gliedert. Schon in vor- und frühgeschichtlicher Zeit galt der Berg, der immer wieder mit Burgen bebaut wurde, als wehrhafte Festung. Hier hat man einen wunderbaren Ausblick über Lebus und nach Polen hinein. Auf den (aus Cortenstahl visualisierten) Grundmauern der mittelalterlichen Burganlage lässt sich gut balancieren, während die Eltern die Tafeln zu den Ausgrabungen und zum Leben von Professor Unverzagt (er blieb Lebus bis zu seinem Tod 1971 treu verbunden) studieren. Oder wenn sie hinüberschauen, wo sich das Lebuser Land über die Felder und Wiesen weit erstreckt, bis zum Wald am Horizont. Auf dieser nahen, anderen Seite der Oder wohnt eine junge Frau, die seit ein paar Jahren in Lebus arbeitet. Ich spreche mit Marta Kalinowska.

Visualisierte Grundrissnachbildung der Burganlage auf dem Turmberg.

Marta Kalinowska, Jahrgang 1980

„Ich wohne in Nowy Lubusz, das ist ein kleines Dorf sieben Kilometer im Norden von Słubice."

Es gehört zur Kreisstadt Słubice. Seit 2018 arbeite ich im Info-Punkt Lebus, im Tourismus-Büro. Ich fahre jeden Tag über Słubice und Frankfurt, hin und zurück sind das 44 Kilometer, eine Strecke dauert fünfzehn bis zwanzig Minuten, das ist kein Problem mit meinem kleinen roten Auto. Ich stamme aus Górzyca, das liegt in der Nachbargemeinde von Słubice in Richtung Kostrzyn. Die Familie meines Mannes stammt von der polnischen Lebuser Seite. Opa Kalinowski, der Großvater von meinem Mann, arbeitete während des Krieges bei einem Bauern in Deutschland, schrieb Postkarten nach Hause und war sehr zufrieden. Er hatte einen guten Chef. Wir haben noch die Arbeitskarten von Opa Kalinowski, er ist nach dem Zweiten Weltkrieg umgezogen nach Nowy Lubusz, dort waren verlassene deutsche Häuser. „Dann wohnen wir eben hier", hat er gesagt. Sie waren die ersten Bewohner und Opa Kalinowski wurde Ortsvorsteher.

darf Arbeitsort (siehe eingeklebte Arbeitserlaubnis) ohne Genehmigung der Ortspolizeibehörde nicht verlassen.

kennzeichenpflichtig

Arbeitskarte

polnischer Arbeitskräfte

~~aus dem Generalgouvernement Polen~~

~~und~~

~~Bescheinigung~~

~~über eingezahlte Lohnersparnisse~~

Marta Kalinowska während eines deutsch-polnischen Austauschs, 1994.

Zur Schule gegangen bin ich in Górzyca, das ist jetzt unsere Partnerschaftsgemeinde in Lebus, ich war in Kostrzyn in der Oberschule und habe fünf Jahre Politologie in Słubice studiert. Als ich ein Kind war, gab es keinen Austausch mit der deutschen Seite, keine Möglichkeit, sich zu treffen. Auch die Atmosphäre war ein Gefühl der Trennung. Früher haben viele Familien aus Lebus dort drüben gewohnt. Dann mussten sie weg, das war die politische Trennung – jetzt ist das Lebuser Land wieder zusammen. Ich finde das natürlich schön, dass wir verbunden sind. Seit 2003 haben wir jeder einen Gedenkstein eingeweiht, es gab ein schönes Fest vom Gemeindeamt des Lebuser Landes und von der polnischen Seite Ziemia Lubuska. Aber bis jetzt haben wir keine Möglichkeit, über die Oder zu kommen. Das ist schade, alle Touristen fragen, ob es eine Fähre gibt und warum nicht. Kann man nicht direkt von Lebus rüber und einen Rundweg nach Kostrzyn und zurück machen? Es wäre eine schöne Attraktion für polnisch-deutsche Touristen.

Ich habe zwei Söhne, die auch Deutsch lernen. Es ist sehr wichtig, weil wir in der Grenzregion wohnen. Als Kind habe ich auch Deutsch in der Grundschule gelernt und in der Oberschule habe ich mein Abitur mit erweitertem Deutsch bestanden. Mein Kontakt, jetzt fällt es mir ein, ich war ja als Kind schon ein paarmal in Deutschland. Mit dreizehn Jahren zum ersten Mal, das war 1994, ich war im Schloss Trebnitz bei Müncheberg. Ein deutsch-polnischer Austausch. Meine ersten Sommerferien in Deutschland! Da war eine Künstlergruppe aus verschiedenen Ländern, die haben mit uns eine Kunstwerkstatt gemacht und wir haben viel fotografiert. Ein Projekt war auch in der Zeitung, wir haben einen Friedenswald gepflanzt. Das war eine schöne Erfahrung mit deutsch-polnischen Kontakten und schon ein bisschen das Kennenlernen von Tourismus. 2001 war ich das letzte Mal beim internationalen Austausch dabei.

Adonisröschen an den Pontischen Hängen.

Vor 2018 war ich nie in Lebus, ich habe immer den Kirchturm gesehen und gedacht, ach naja, da ist die Stadt, da ist Lebus. Wenn ich von meinem Haus aus spazieren gehe, laufe ich zur Oder, die ist zwei Kilometer entfernt, dann sehe ich den Turm. Ich habe viele Freunde in Deutschland, einer davon hat mich dazu inspiriert, in Deutschland zu arbeiten. Ich habe darüber nachgedacht und mich informiert, wo es möglich wäre. In Lebus war eine Stelle frei und meine Bewerbung wurde angenommen. Es war mein Anfang. Es war nicht so einfach, denn meine Sprachkenntnisse sind nicht so gut. Da hatte ich Angst, das ist eine Barriere. Ich habe hier aber so viele nette Leute kennengelernt und Hilfe bekommen, das war kein Problem. Vom Amt, von der Bibliothek, von der Kulturhausleiterin, von allen. Und vor allem von meiner Arbeitskollegin Frau Ballenthin, wir sind ein gutes Team! Ihre Hilfe und ihr Verständnis sind mir sehr wichtig, danke Jutta!

Adonisröschen am Pletschenberg.

Lebus ist Adonisröschen. Ende März, Anfang April gibt es Anrufe und Anfragen und sehr viele kommen zu uns. Das sind die Höhepunkte, die Adonisröschen, der Burgberg von Lebus und die schöne Oder-Landschaft. Wir haben den Oder-Neiße-Radweg und Radwege nach Mallnow, Podelzig und Alt-Zeschdorf. Und die netten Menschen, Herrn Hunger vom Heimatverein, das sind schon ältere Leute, aber sie machen noch etwas für Lebus und zeigen, wir sind noch hier. Die junge Generation hat vielleicht eine andere Meinung, sie machen alles über das Internet, aber das Buch und die Schrift? Der Heimatverein macht viele schöne Ausstellungen. Hoffentlich findet sich mal Nachwuchs für solch ein tolles Engagement.

Mein persönlicher Lieblingsplatz in Lebus ist oben die Terrasse der Oderberge auf den Pontischen Hängen, mit dem schönen Blick in die Landschaft, das mag ich sehr. Das Adonisröschen ist wirklich was Besonders, so viele Menschen kommen mit der ganzen Familie – das bewundere ich! Viele Kilometer fahren sie, um eine Runde spazieren zu gehen und um kleine gelbe Blumen anzugucken. Das ist schön! Dieses Jahr kamen die Adonisröschen schon Ende März und waren bis Anfang Mai da. Manchmal rufen die Leute im Februar an und fragen, ob sie schon da sind. Wenn viel Sonne ist, denken sie, müssen die Blumen raus sein. Wir gehen immer gucken und machen Fotos, meine Kollegin und ich. Auf dem aktuellen Stand sein, das gehört zu meiner Arbeit. Wir müssen Kontrollen machen, was ist los? Ende März geht es los, mit den Anrufen. Ab April haben wir Saison, da sind wir täglich geöffnet. Bis Oktober und dann wird es ein bisschen ruhiger, es gibt noch Herbstmärkte und Weihnachtsmärkte, aber wir sind dann mit kommunalen Sachen beschäftigt. Aber wenn schönes Wetter ist und Urlaubszeit (naja, Senioren haben immer Urlaub), dann ist der Oder-Neiße-Radweg unser Top-One! Das ist auch wichtig, wir haben Flyer und Radkarten und sind im Tourismusverband Seenland Oder-Spree, sie verbreiten das Infomaterial kostenlos zum Mitnehmen. Das ist ein Plus, ein paar Karten sind zum Verkaufen, alles andere ist kostenlos.

„Mein persönlicher Lieblingsplatz in Lebus ist oben die Terrasse der Oderberge auf den Pontischen Hängen."

Wir haben die I-Servicemarke, zertifiziert vom Deutschen Tourismus e.V. und sind geprüfte Service-Qualität-Deutschland, das heißt, wir werden regelmäßig überprüft, ob wir uns weiterbilden, ob wir eine öffentliche Toilette haben usw. Es kommt jemand und schaut nach, ob alles stimmt, das ist aufregend, weil es auch Konkurrenz gibt zwischen solchen Stellen. Für mich war es als Polin noch eine größere Aufgabe, das vorzubereiten. In Lebus gibt es nicht viele Polen, ich bin die Einzige hier, es arbeitet wohl in einer Gaststätte noch eine Polin, die ich nicht kenne. Aber jetzt gibt es im Amtsbereich Podelzig eine Inhaberin einer Gaststätte, die ist auch Polin. Und das ist schön.

Marta Kalinowska auf ihrer Arbeitsstelle Info-Punkt im Kulturhaus Lebus.

Touristen kommen sehr viele aus Polen, dort gibt es keine guten Radwege, immer nur ein Stück, dann ist Feldweg, dann Sandweg – und von hier in Richtung Kostrzyn wollen die Leute auch nach Manchnow oder nach Reitwein (das ist die Perle des Oderbruchs, wie man sagt). Zu uns kommen auch Holländer und wir bekommen viele Anfragen aus Italien. Wir haben Pensionen und Ferienwohnungen, verschicken Material zu den Unterkünften im Amt Lebus und Umgebung, wir leiten Informationen weiter. Manchmal kommen Senioren und fragen, ob ich helfen kann, etwas ausdrucken zum Beispiel. Ja, warum nicht? Wir sind ganz normale Menschen!

Der Amtsgarten, ein grünes Idyll mitten in der Stadt.

Der Rote Stern auf dem Russischen Ehrenfriedhof.

Der Kreisel und das Gewerbezentrum.

Am Kreisel

Vom Turmberg mit seiner beeindruckenden Aussicht kann man zum Amtsgarten hinuntersteigen, das ist ein erstaunlich großer Park mitten in Lebus, eingerahmt von den Höhenzügen und dem Amtsgebäude an der Breiten Straße. Ein Weg schlängelt sich in die Wiesen des Amtsgarten und linkerhand kann man noch anhand einer kleinen Anhöhe die Fundamentreste des Herrenhauses erahnen. Nimmt man vom Amtsgarten aus die steile Gasse den *Postberg* hinauf, landet man zwischen Kriegsgräberstätten und Grundschule, die sich gleich hinter dem Gedenkstein für die Gefallenen des Ersten Weltkrieges befindet. In den letzten Schultagen vor den Sommerferien dringt fröhliches Kindergekreische vom Schulhof und schreckt ein paar Stare hoch, die auf den Russischen Ehrenfriedhof entweichen. Über dem aufwändig sanierten Friedhof thront ein großer Roter Stern, der weithin zu sehen ist.

Ich wende mich in die *Friedenstraße* und laufe hinüber zum Fuß der *Kirschallee*. Wie aus einem Thüringer Wald hierher gebeamt wirkt der dort aufgestellte Rastplatz aus Holz, der oft von Radfahrern belagert wird. Am Briefkasten vorbei ist schnell der Kreisel erreicht, die wichtigste Kreuzung in Lebus, die seit der Anlage des Kreisverkehrs ohne Ampel oder Verkehrsregelung auskommt. Hier trifft die *Seelower Straße* auf die *Frankfurter Straße* und wird zur *Straße der Freiheit*, die sich mit der *Breiten Straße* vereint und bis zum *Oderblick* hinunterführt. Am Kreisel liegt das Gewerbezentrum der Stadt mit Apotheke, Sparkasse und sonst recht häufig wechselnden Betreibern in einem futuristischen Blockbau. Gegenüber bildet das Kulturhaus eine Ecke der Kreuzung ab, welches tatsächlich 1880 von seinem Erbauer „Gasthaus an der Kreuzung“ getauft wurde, aus dem bald das „Schützenhaus“ mit Festsaal wurde. Später kamen eine Pension, Kegelbahn und Biergarten dazu. Während des Dritten Reiches wurden in einem Nebengebäude französische Kriegsgefange-

Jutta Ballenthin und Marta Kalinowska im Info-Punkt Lebus.

ne und Zwangsarbeiter untergebracht, nach dem Krieg richteten die Lebuser das schwer beschädigte Schützenhaus notdürftig zum Tanzen her. Von den Lebusern Anfang der 1950er Jahre wiederaufgebaut, wurde und wird das Kulturhaus fürs Tanzen, für Theater- und Filmvorführungen, von der Bibliothek und dem Touristen-Info-Punkt sowie für den Karneval genutzt. Ich treffe im Info-Punkt auf drei Frauen.

Ingrid Blankenfeld, Jutta Ballenthin (vom Info-Punkt) und Kulturhausleiterin Elke Pauli zeigen mir den renovierten Saal des Kulturhauses. Die Frauen geraten ins Schwärmen, als ich frage, ob hier früher getanzt wurde. Jede erzählt ein bisschen, eine Weile geht es munter durcheinander, dann einigen sich die Frauen, dass mir Ingrid Blankenfeld als Koryphäe alle Fragen beantworten soll. Wir verabschieden uns vom Kulturhaus, laufen am Kreisel vorbei die *Straße der Freiheit* hinunter bis zum *Oderblick*. Wir drehen uns noch einmal zurück zum Kulturhaus. Den Kreisel gibt es noch nicht so lange. Wie mir berichtet wurde, hat hier der ABV (Abschnittsbevollmächtigter, Polizist der Volkspolizei) abends auf einem leuchtenden Verkehrsspilz an der Kreuzung gestanden. Die Lebuser kamen von der Arbeit und der ABV machte erst Feierabend, wenn der letzte Bus aus Seelow gekommen und alle heile zu Hause waren. Am Freitag und Samstag schaute er im Kulturhaus bei der Disko vorbei und wer noch nicht vierzehn war, musste abmarschieren. Man kannte sich ja.

Ingrid Blankenfeld, Jahrgang 1941

„Hier im Kulturhaus haben wir den Zickenball von den Kleintierzüchtern gefeiert und den Karneval."

Der war anfangs so begehrt, da musste man schon die Nacht vorher anstehen, um Karten zu kriegen. Früher war hier immer Freitag und Sonnabend was los. Freitags haben wir gefeiert und dann war mir am nächsten Tag so schlecht. Es hieß nur noch: Heizen, Viehzeug füttern und wieder hinlegen. Mein Tantchen wollte mir was zu essen bringen, das ist mir fast aus dem Gesicht gefallen. Und um halb fünfe war ich wieder da und dann gings wieder los. Wir haben auf dem Tisch getanzt, dass die das ausgehalten haben... Das war ne Bombenstimmung hier! Auf dem Heimweg hatte ich es ja recht weit, bis zur Seelower Straße hoch, da sind wir erst bei Putzi eingekehrt, Mieze war schon im Nachthemde. Nachts um zwei wurde noch Rührei gemacht von den Zwerghühnern.

Heute hat die Jugend Fahrzeuge und die fahren weit, bis nach Eisenhüttenstadt. Eine ganze Weile war Disko in Niederjesar, dann in Klein-Klessin, das war ganz beliebt gewesen. In Rathstock auch, aber wir waren immer hier im Kulturhaus, in Podelzig oder in Reitwein, aber da haben sie sich immer gekloppt.

Eigentlich waren hier die Frauen eine Macht. Wir haben in Lebus eine Schuldirektorin, Bürgermeisterin, Apothekerin, Bibliothekarin, Pastorin, Ärztin, eine Leiterin der Konsum-Kaufhalle und die Leiterin des Postamts gehabt und manche davon immer noch.

Vom Kreisel aus gesehen nennt man das hier oben immer noch die Scholle. Hier zogen Beamte und Lehrer hin, hat meine Mutti immer gesagt, davor war alles Acker. In der *Kirschallee* lebte Tante Gunte, die war immer ein heimliches Vorbild für mein Leben. Sie und ihr Mann waren so gebildet und haben das überhaupt nicht gezeigt, sie hatten immer Zeit. Wenn man hingekommen ist, hat man sich hingesetzt und Tante Gunte hat zugehört. Ich wusste lange nicht, dass sie ausgebildete

Englischlehrerin war. Wir hatten in der Verwandtschaft eine, die wollte in der Schule nicht so, und alle haben gesagt: „Ingrid, da musst du Nachhilfe mit ihr machen.“ Und ich habe gesagt: „Mit dem Englisch habe ich‘s nicht so, ich mache Biologie mit ihr.“ Aber ich hatte gehört, Tante Gunte kann das, sie ist hingegangen und später noch weiter hingegangen, als sie den Unterricht gar nicht mehr brauchte. Und beim Hochwasser haben sie einen Jungen aus dem Busch bei sich aufgenommen und irgendein Professor hat den erstmal gebadet, das Petercken. Die beiden waren immer umsichtig und lieb zu allen. Die Köhnes sind ja auch so von der Einstellung her, das mag ich. Ich habe nie viel Geld gehabt, da war mir Gunte immer ein Vorbild, sie hatte auch nur links- und rechtsgestrickte Strümpfe an, ist ganz einfach gegangen, hatte nie ein Auto – das ging alles. Tietzes waren geachtet und glücklich.

Feiern war immer wichtig in Lebus. Mein Elternhaus ist ja zerbombt worden und wir haben gar nichts gerettet, keine Tasse, nichts. Und wie die Zeit nach 1945 war, es gab nichts zu essen, nichts anzuziehen – aber trotzdem wurde schon bald gefeiert. Da war das Kulturhaus noch nicht aufgebaut und meine Eltern sind nach Kliestow mit dem Fahrrad gefahren, von unten vom Busch aus. Das sind fünf Kilometer. Mein Vater hatte einen weißen Anzug an, hat sich schick gemacht. Sie hatten diese Lebenslust und wollten tanzen. Und bei Krauters in der Seelower Straße war eine Holzbaracke, als Heizung hatten sie ein Gerät, da wurden Sägespäne eingestampft und manchmal gab’s ne Verpuffung. Da haben die nach dem Plattenspieler getanzt und auf einmal – puff – kam wieder alles raus. Aber gefeiert wurde weiter. Es gab öffentliche Tänze bei Marsandts, in der Ruine des Schützenhauses. Und beim Feiern wurde auch einiges zerdeppert, meine Mutti hat erzählt, dass es im Herrenhaus Ausgrabungen gab, da ist einiges kaputtgegangen, es gibt auch viel Unvernunft.

Die Leute hatten nichts und haben sich überall was weggeholt, auch die Ziegel von der Kirche und manche haben sich im Lebuser Busch in den Berg eingegraben und erstmal dort gewohnt. Mein Elternhaus war stark beschädigt, über Nacht haben die besten Freunde und Nachbarn sich die Balken geholt. Aber jeder musste an sich denken. Lebus war so zerstört, die Dächer alle kaputt, teilweise mit Stroh gedeckt. Jeder wollte überleben, da gab es kein Pardon.

Das Kulturhaus ist der zentrale Veranstaltungsort in Lebus. Es wurde 1952 eingeweiht.

Ich war dreieinhalb und habe kaum Erinnerungen daran. Die Reste unseres Hauses standen noch, als ich in die Schule kam. Die war bei der Kirche und ich hieß ja Christoph mit Nachnamen und in der ersten Klasse fiel es mir schwer, meinen Namen zu schreiben – ja, da konnte ich abgucken. Oben auf der Ruine stand nämlich noch *Kolonialwaren Marie Christoph*, vorne CH, hinten PH. Ich habe aus dem Fenster geguckt und abgeschrieben. Groß war ich von Anfang an, ich war immer die längste in der Klasse. Ich habe ein Bild von der Mittelschule, da gehe ich in der Straßenmitte und Lehrer Schlächter geht daneben, der sieht so kleen aus, und ich wie son Leuchtturm. (*lacht*). Zu meinem Abschluss hat er gesagt: „Nicht nur die größte im Körper, sondern auch im Geist!" Hier in Lebus gab es acht Klassen. Am Anfang waren wir mal vierzig in der Klasse. Das ging immer noch hin und her, manche sind gekommen, andere weitergezogen. Zur Einschulung gab es für jeden einen Salzkuchen.

Die Oderstraße nach dem verheerenden Krieg.

Das Schulhaus in Lebus mit Kriegsschäden.

„Lebus war so zerstört. Jeder wollte überleben, da gab es kein Pardon."

Von meinem Vorfahren gibt es die Geschichte, dass er aus Griechenland gekommen sei als Waffenschmied des Bischofs, hier in Lebus ein Mädchen kennengelernt habe und wegen ihr sesshaft geworden sei. Meine Vorfahren väterlicherseits waren Schmiede. Dann kam die industrielle Revolution und der Großvater ist zeitig an Blutvergiftung gestorben, das Haus musste zwangsversteigert werden. Die Armut muss schlimm gewesen sein. Er hatte vier Kinder, Onkel Ernst konnten sie noch zur höheren Schule nach Frankfurt geben. Der trug Lederschuhe und hat noch Klavierspielen gelernt. Die anderen drei waren auch ganz intelligente Kinder, aber das Geld reichte vorne und hinten nicht, die mussten in Holzpantinen oder ohne Schuhe in die Schule gehen. Das Haus wurde zwangsversteigert und wie bei so vielen Erbschaftsgeschichten – die reden heute noch nicht miteinander, die Geschwister.

Das hat sich sehr hingezogen, die Armut war groß, mein Vater hatte zwei Pferde und hat immer Fuhren gemacht für andere. Oder gepflügt. Da war ich mal bei der älteren Frau, die früher die Gaststätte *Hoppe* hatte, da hing ein Bild, wo einer mit zwei Pferden pflügt. „Och," sag ich, „das ist mein Vater." Zwischendurch hat er auch bei Hoppes gewohnt.

Diese Gaststätte war ein Treffpunkt. Sie war nach 1945 auch mal Gefängnis. Im Keller wurden Bauern eingesperrt, wenn sie die Abgaben nicht bringen konnten. Die Tochter, Frau Stube, war lange Zeit Sparkassenleiterin hier, sie ist jetzt 92 Jahre alt und ich staune, wie fit die im Koppe ist! Schmerzen hat sie auch nicht, hat sie mir selbst erzählt, obwohl sie nie Sport getrieben hat. Die Gaststätte hatten sie verkauft, da war dann Verschiedenes drin, der Schulhort eine Weile zum Beispiel. Aber ich erinnere mich noch an die Gaststätte. Mein Vater hat dort gerne Skat gespielt.

Meine Eltern sind 1945 hiergeblieben, mein Vater war im Frankreichfeldzug und hatte einen Knieschuss, dadurch war er nicht mehr kriegsverwendbar, er war im Arbeitsamt und hat die Zwangsarbeiter den Bauern zugeteilt. Wir sind hiergeblieben, mein Onkel aus dem Lebuser Busch war von Anfang an im Krieg und der hat geschrieben, wir sollen bleiben, die Russen sind auch nur Menschen. Meine Eltern und die ersten drei Kinder, wir sind zu meinen Großeltern, die eine Bauernwirtschaft im Busch hatten. Die Russen haben uns da erstmal in den Keller gesperrt. Das ist eine Erinnerung, die ich noch vor mir sehe, den Keller voller Kartoffeln. Das sind ganz kleine Stücken, die ich immer sehe. Und dann wurden sie getrennt. Mein Vater kam in russische Gefangenschaft, aber nicht lange. Und meine Mutter ist vielfach vergewaltigt worden. Und dann: Keine Nahrung! Mein Bruder ist im Juli 44 geboren, im Februar sind wir auf den Treck gegangen, wir mussten hinter die Front. Mein Bruder hat mich dies voriges Jahr nochmal aufschreiben lassen, was ich noch weiß von den vielen Erzählungen.

„Bei uns wurde darüber gesprochen, da wurde kein Psychiater gebraucht."

Die nächste Erinnerung ist, wie meine Mutter sich mit uns dreien das Leben nehmen wollte. Sie konnte nicht schwimmen und wollte mit uns dreien ins Wasser gehen, da ist sie über den Acker. Das haben die Russen aber auch gesehen, was sie da machen will. Ein Russenauto hat uns aufgeladen und die haben uns kalte Bohnensuppe zu essen gegeben. Bei uns wurde darüber gesprochen, da wurde kein Psychiater gebraucht. Das wurde alles erzählt und meine Oma war immer eine tatkräftige Frau,

Die Breite Straße zwischen Hintergasse und Schulstraße.

die hat gesagt: „Hätteste ein Russenbalch geboren, dit hätt ick eigenhändig umjebracht!" Das hätte sie nicht gemacht, aber das hat man mitgehört als Kind. Wir kennen ja Kinder, die aus den Vergewaltigungen stammen, das ist schwer, das ist eine große Tragik.

Mein Vater ist zeitig gestorben, als ich sechzehn war, wie der damit umgegangen ist, weiß ich gar nicht. Der hat so gern gesprochen wie ich, ich war die Älteste und die Kräftigste von den Kindern, wir sind zum Heueinfahren nach den Rathenower Wiesen, das war sieben Kilometer weiter weg, oder Ferkelkaufen nach Petershagen. Da hat er ganz viel erzählt – aber über solche Sachen hat er nicht gesprochen. Mein jüngster Bruder Otto wurde ja auch noch geboren, der kam 1950. An andere Sachen erinnere ich mich nicht. Meine Mutter fuhr immer mit dem Kinderwagen, da saßen mein kleiner Bruder und meine Schwester drin und ich bin wohl gelaufen, angeblich dreißig Kilometer. Meine Oma fragte oft, ob ich mich an die Knaller erinnere, die Detonationen. Sie hatte mir ein Kopfkissen auf die Ohren gedrückt, ich habe nicht gehört, wie die Granaten einschlugen. Aber die Flugzeuge, wenn die flogen, das war für mich Krieg.

Das Problem ist bei meinen Vorfahren, dass sie den Alkohol so geliebt haben. Mein Opa war Quartalstrinker, sonst war er ein toller Bauer! Wenn der mir das Getreide aufgestakt hat, ich brauchte gar nicht zu packen. Der hat das hingelegt, wo es liegen musste. Sonst so fleißig, aber dann alle vier, fünf Wochen hat er einen Grund gefunden und musste nach Lebus. Wenn's kurz war, war er nur zwei Tage weg, wenn's lang war, fünf. Dann hat er nicht gegessen, nur jesoffen in der Kneipe und hatte seine Saufkumpel, wo er übernachtet hat. Die Pferde wussten den Rückweg alleine. Sein Sohn, mein Onkel, war von Anfang an im Krieg und dann in Gefangenschaft, bei dem war das ähnlich. Aber der konnte das nicht, nicht nach Hause kommen, der ist immer besoffen mit dem Moped oder dem Auto nach Hause gefahren. Das waren die Männer.

Meine Mutti hatte keinen Beruf gelernt, sie kam aus einer Bauernwirtschaft und hat nur diese Winterschulung in Frankfurt mitgemacht, wo man Hauswirtschaft lernt. Weiter nüscht. Ich hab immer gestaunt über meine Mutter, wie belesen sie war, die musste ja schon zeitig kochen und backen und alles. Wenn irgendwie Zeit war, hat sie gelesen, alles wie ein Schwamm aufgesaugt. Auch die Bäuerin im Busch war genauso belesen und gebildet. Wenn meine Mutti meine Aufsätze korrigiert hat, die hat zusammengestrichen und danach haben Ausdruck und Rechtschreibung gestimmt. Da habe ich gestaunt.

Ich war in der zehnten Klasse, als mein Vater verstorben ist, die Berufswahl stand an. Meine Mutter hat uns ziemlich frei entscheiden lassen, aber gesagt: „Lern bloß einen Beruf!“ Sie war so eine Schmächtige, wenn sie Blut gesehen hat, ist sie immer abgekippt. Wenn ein Schwein geschlachtet wurde, musste ich schon als Kleinkind das Blut rühren. Oder mein Vater hat Gänse geschlachtet und ich musste das auffangen. Wenn wir mal verletzt waren, sind wir zu Nachbarn gegangen, uns das verpflastern zu lassen. Bumm, lag sie dann da. Für Landwirtschaft, für schwere Arbeit, war sie eigentlich nicht geeignet. Sie hat ihr Leben angenommen, wie es war, sie war stolz auf den Bauernstand. Und sie hat immer gern getanzt.
Als es bei mir so weit war, durfte ich mir einen Beruf auswählen und bin Landwirtin geworden. In unserer Bauernwirtschaft stand alles eng auf eng und ich bin nach Worin gekommen, das war die erste LPG hier mit dem ZK-Mitglied Herrn Grünert an der Spitze (Bernhard Grünert, Vorsitzender der Landwirtschaftlichen Produktionsgenossenschaft Tho-

Lebuser Kreisblatt

AMTLICHES NACHRICHTENBLATT DES KREISES LEBUS

Nr. 23 — Seelow (Mark), den 10. Juni 1950 — 4. Jahrgang

Einzelnummer: 0,10 DM. Abonnementspreis: Vierteljährlich 1,30 DM einschl. Zustellgebühr.

Aufruf an die Bevölkerung des Kreises Lebus

zur Sondersuchaktion vom 12.-15. Juni 1950 nach dem Kartoffelkäfer!

In 11 Gemeinden des Kreises Lebus sind bis zum heutigen Tage Kartoffelkäfer gefunden worden. Die befallenen Gemeinden sind folgende: Müncheberg, Waldsieversdorf, Brieskow, Biegen, Briesen, Fürstenwalde, Mallnow, Tempelberg, Wuhden, Frankfurt-O. und Müllrose.

In Frankfurt-Oder besteht der Verdacht, daß die dort gefundenen Käfer von einem über der Stadt beobachteten amerikanischen Flugzeug abgeworfen worden sind. In einigen anderen Gemeinden wird vermutet, daß die dort gefundenen Käfer von Agenten der westlichen Imperialisten ausgesetzt wurden.

In Letschin, Treplin und Manschnow wurden in der letzten Zeit durch unbekannte Täter Gespann- und Motorspritzen dadurch unbrauchbar gemacht, daß man Manometer und Düsen entfernte und diese mit Eierschalen verstopfte.

Es liegt klar auf der Hand, daß es sich hierbei nur um Sabotageakte handeln kann, die unseren friedlichen Aufbau hindern und die Erfüllung des Volkswirtschaftsplanes, d. h. die Erreichung der Friedenshektarerträge zu sabotieren versuchen.

Wir richten daher den Ruf an alle Parteien und Massenorganisationen, besonders an die FDJ, die hinter ihr stehenden breiten Volksmassen für den gemeinsamen Kampf gegen den gefährlichsten Schädling unserer Volksernährung — den Kartoffelkäfer — einzusetzen.

Der Kreispflanzenschutztechniker des Kreises Lebus. gez. Schiller

Erfassung und Aufkauf

Abrechnung von Mastverträgen

Bei Ablieferung von Schweinen nach dem 1. April 1950 aus gewerblichen und bäuerlichen Mastverträgen, die vor dem 1. April 1950 abgeschlossen wurden, werden von der VVEAB (T). laut Anordnung der Landesregierung, nur die Preise bezahlt, die vor dem 1. April 1940 Gültigkeit hatten. Der Differenzbetrag zwischen dem neuen und alten Preis erscheint auf der Abrechnung unter der Spalte Transportkosten.

gez. Weldinger

Land- und Forstwirtschaft

Wasserwirtschaft:

Unterhaltung der Wasserläufe und wasserwirtschaftlichen Anlagen

Nach dem Wassergesetz und Runderlaß Nr. 3/50 der Landesregierung Brandenburg, Wirtschaftsministerium vom 23. Februar 1950 sind die Wasserläufe ordnungsmäßig von den dazu Verpflichteten zu unterhalten.

Wasserläufe und Gräben sind mindestens zweimal im Jahre zu krauten und einmal im Jahre zu räumen. Gräben gelten hier als Wasserläufe nur insoweit, als sie der Vorflut der Grundstücke verschiedener Eigentümer dienen. Dabei ist besonders Wert auf die Grundräumung zu legen und darauf zu achten, daß der Grabenaushub nicht auf die Grabenböschungen geworfen, sondern in gehöriger Entfernung vom oberen Uferrand abgesetzt bzw. gleich einplaniert wird. Der Bodenaushub ist spätestens innerhalb von 8 Tagen nach beendigter Räumung endgültig zu entfernen oder derart einzuebnen, daß keine Erhöhungen des Ufers entstehen, die das Ablaufen des Wassers nach dem Wasserlauf hindern. Die Räumung hat tunlichst von unten nach oben zu erfolgen. Die Unterhaltungs- und Räumungsarbeiten sind so vorzunehmen, daß alles Kraut und sonstige, den Wasserabfluß hemmende, schwimmende oder sonst im Flußbett sich befindende Gegenstände sorgfältig aus dem Wasserlauf herausgeschafft werden. Ebenso sind die Wasserläufe von Sand- und Schlammablagerungen zu reinigen. Dasselbe gilt für Anlandungen und Vorsprünge des Ufers in das Flußbett, die bis auf die Sohle abzustechen sind. Die Bäume und Sträucher sind gehörig auszuästen, erforderlichenfalls, wenn sie den Hochwasserabfluß hindern, bis auf einen Meter vom Uferrand zu entfernen und mit Wurzeln auszuroden. Der Räumungspflichtige ist verpflichtet, vor Beginn der Räumungsarbeiten an der unteren Grenze jeder Gemarkung oder derjenigen Strecke des Wasserlaufes, die er zu unterhalten hat, quer durch den Wasserlauf eine Vorrichtung (Schwimmbalken oder dergl.) anzubringen, der das durch die Krautung losgelöste, in dem Wasserlauf treibende Schilf oder Kraut aufzufangen geeignet ist. Ein schädlicher Aufstau des Wassers darf durch diese Vorrichtung nicht hervorgerufen werden. Sie ist nach erfolgter Räumung wieder zu entfernen.

Dadurch, daß ein Wasserlauf streckenweise in eine Rohrleitung gefaßt wird, ändert sich an der Unterhaltungspflicht nichts. Es ist nach wie vor im Vorflutinteresse zu unterhalten, d. h. von Sand- und Schlammablagerungen zu reinigen.

Die Landesregierung Brandenburg hat die Räte der Kreise und kreisfreien Städte und der Gemeinden, die Wasseraufsichtsbehörde und die Wasser- und Bodenverbände dazu verpflichtet, alle ihnen zu Gebote stehenden Mittel anzuwenden, um die Durchführung der Unterhaltung der Wasserläufe und der wasserwirtschaftlichen Anlagen sicherzustellen. Die Wasseraufsichtsbehörde des Kreises Lebus ordnet hiermit an, daß für jede Gemeinde eine Grabenschaukommission zu bilden ist, die aus dem Bürgermeister, dem VgdB-Vorsitzenden, einem Vertreter der Landeigentümer und dem Genossenschaftsvorsteher im Gebiet einer Wassergenossenschaft bezw. Bodenverbesserungsgenossenschaft besteht. Diese hat die Aufgabe, die laufende Unterhaltung der Wasserläufe und wasserwirtschaftlichen Anlagen zu überprüfen. Der Vorsitzende dieser Schaukommission ist der Landrat, sein Stellvertreter der erste Kreisrat und

Landwirtschaft und Propaganda.

mas Müntzer in Worin 1952–1975). Erst wollte ich Schweinezüchter werden, es gab helle Ställe mit Stalltafeln – das kannte ich gar nicht von zu Hause, aber das hat meine Mutter nicht unterschrieben. Dann bin ich Land-/Feldwirtin geworden, aber die Lehrausbildung war scheiße. Da habe ich nüscht gelernt eigentlich. Anschließend bin ich nach Halle (das habe ich immer selbst organisiert) und bin Pflanzenschutzagronomin geworden. Und in Lebus wollten sie, als ich in der achten Klasse war, jemanden als Lehrerin haben und ich hatte gesagt: „Nie im Leben werde ich Lehrerin!“ Am Ende bin ich doch in der Erwachsenenbildung gelandet und fast vierzig Jahre gewesen.

Wir waren immer die Vorbildlichen, erst hier acht Jahre in Lebus und Podelzig waren wir die ersten Mittelschüler, die haben später noch von uns geschwärmt. Wir waren die ersten Lehrlinge, vor uns war das noch ein Kinderheim gewesen in Görlsdorf/Worin. Da haben wir auch wieder Feste organisiert, Ernteumzüge, eine FDJ-Gruppe und wir haben Kirschen gepflückt und dafür Stühle gekauft für den FDJ-Raum. Da haben sie auch wieder von uns geschwärmt, wir waren schon ein toller Jahrgang.

Am Anfang war das schwer für die Menschen mit der LPG, grad war alles entmint worden, das war ja das Schlimme! Da hatten die Leute den Krieg überstanden, dann hat man die Detonationen gehört und es war wieder einer, den man kannte. Dann kamen diese Agitatoren und haben gefragt: „Seid ihr für Adenauer oder für Pieck? Für Krieg oder für Frieden?" So plump ging das ab. Und die Siedler hatten ihre Geheimtreffen und Abstimmungen. Mein Vater hat gesagt, er hatte bei Hitler schon drei Tage im Gefängnis gesessen und bei Pieck wird er auch drei Tage sitzen. Weil gerade bei den Bauernversammlungen natürlich welche von der Stasi dabei waren, die das weiter gemeldet haben. Da herrschte eine sehr kritische Stimmung, aber mein Vater hat auch gesagt: „Der Weg geht zu größeren Wirtschaften."

Die Bauern hatten ja oft nur zwei Hektar, das war nicht so erfolgreich. In Amerika und weltweit war der Trend, zusammenzulegen. Mein Vater hat sich als tüchtiger Bauer vorgestellt, dass er der LPG-Vorsitzende wird, ich werde die Hauptbuchhalterin und mein Bruder wird der Landtechniker. Mein Bruder hat wirklich Landtechniker in Wartenberg studiert. Mein Vater ist in die LPG eingetreten, hat aber dann frühzeitig ein Blutgerinnsel bekommen, das sich vor Herz und Lunge gesetzt hat – er hatte immer solche Anfälle, heute hätte man dagegen Blutverdünner. Damals haben sie ihn mit Kampfer eingerieben, da wusste er, dass er sterben muss. Meine Mutter, so ein anfälliger Mensch eigentlich, stand dann da mit uns vier Kindern, das Kleinste grad in der Schule, ich in der zehnten Klasse, meine Schwester in der neunten.

Das war eine schwere Zeit, aber ich habe diese Zeit auch ein bisschen als revolutionär empfunden. Wir sind ja als Mittelschüler mit Sprechchören zu den Wahlen gezogen. Wir hatten nur fünf Hektar Sand, wovon man nicht existieren kann. Für mich ist diese Forderung des Bauernkrieges

„Der, der es bestellt, dem solls gehören" schon noch wahr. Deshalb hatte ich Vorbehalte gegenüber dem Adel, der sich durch kriegerische Handlungen Land besorgt hatte. Aber ich verstehe sie auch, wenn sie alles verloren haben oder enteignet wurden, ist es ihnen auch schwergefallen – man muss immer beide Seiten sehen. Wir waren die Bauernkinder, wir haben unser Stipendium gekriegt und ein bisschen Leistungsstipendium dazu.

Ich bin mit achtzehn schon Genossin geworden. Herr Grünert hatte die drei hellsten Lehrlinge eingeladen und da fühlten wir uns gebauchmiezelt. Damals war ich überzeugt und hab die Zukunft gut gesehen, aber in Halle, da war ich von 1960 bis 1963, da klappte die Versorgung der Bevölkerung durch die LPGs schon nicht. Man hat sich auch verbotene Literatur ausgeborgt und unser Parteisekretär ist nach dem Westen abgehauen. Ich bekam erste Zweifel. Wäre es einfach gewesen, wäre ich damals schon ausgetreten aus der SED. Aber das ging nicht so einfach und später stand ich dann wieder dazu.

Zur Wendezeit habe ich mitunterschrieben, dass wir den Sozialismus unter anderen Vorzeichen gestalten wollen. Ich bin sowieso nicht so ein materiell ausgerichteter Mensch und groß reiselustig war ich auch nicht. Manche haben gesagt, einmal die Alpen sehen und sterben, das ging mir nicht so.

Bis 1969 war ich Pflanzenschutzagronomin. Sie haben mich dann überzeugt, dass ich Unterricht gebe und ich bin richtig eingestiegen in der Landwirtschaftsschule. Später habe ich ein Fernstudium in Berlin gemacht. Und immer gesellschaftliche Arbeit. Als Pionier hatte ich als Gruppenleiter angefangen, es gab kein Jahr, wo ich nicht gesellschaftlich aktiv war. Dann hatte ich auch noch einen Alkoholiker als Lebenspartner, der wollte mich schlagen, das kannte ich aus meiner Familie nicht. Ich bin aus meinem eigenen Haus ausgezogen. Das steht ja heutzutage auch in der Zeitung, jeden dritten Tag wird eine Frau ermordet, nich? Ich hatte für ihn schon die Schlüssel bereit, er sollte ausziehen. Aber ich dachte, dass er mir das Haus anzündet oder solche Sachen, da bin ich lieber ausgezogen, zuerst zu meinem Bruder. Deswegen kann ich's als Rentner so genießen, mir ist es noch nie so gut gegangen wie jetzt. Gesundheitlich auf jeden Fall.

Sport habe ich ungern gemacht, aber ich habe mich bemüht. In der Mittelschule bekam ich als einziges Mädchen das Sportleistungsabzeichen in Silber. Dafür habe ich auch trainiert, im Hochsprung und im Dauerlauf hatte ich ja Vorteile mit meinen langen Beinen. Manchmal haben wir trainiert für die Leipziger Sporttage bei der SG Lebus, die gab es schon seit 1946. Die haben sich zusammengetan aus Fußballspielern und Handballfrauen. Zur Wende haben sie sich wieder geteilt. Fußball blau-weiß und die SG, da haben wir immer montags Sport getrieben. Mein Vater war vor dem Knieschuss auch aktiv im Verein. Unser jüdischer Arzt in Lebus, Doktor Kahn, hatte an der Frankfurter Straße seine Praxis. Und mein Vater ist, wie später alle in der SED waren, damals in der NSDAP gewesen. Man kam schwer wieder raus, wenn man erstmal eingefangen war. Er sollte mitmachen, als beim Doktor die Scheiben eingeschlagen und randaliert wurde. Und da hat er sein spezielles Training nach dem Busch zu meiner Mutter verlegt. Er hat sich nicht daran beteiligt, aber als einzelner kann man eben auch gegen andere wenig unternehmen. Herr Hunger steht mit der Familie von Doktor Kahn in Verbindung, der Sohn wohnt wohl in England und die Tochter in Amerika. Herr Hunger ist kein gebürtiger Lebuser, aber er hat sich sehr eingearbeitet in unsere Geschichte, erstaunlich! Er ist so begeisterungsfähig, das macht richtig Spaß.

Die Schwester meines Opas hatte eine Bauernwirtschaft rechts der Oder. Sie ist kinderlos geblieben und ihren Alterssitz in Lebus habe ich geerbt. Sie hat erzählt, es gab dort auch einen jüdischen Bauern Feindberg, die keinem Menschen was getan haben und sie hat gesagt: „Keiner weiß was davon, aber die sind im KZ umgekommen." Mein Vater war so ehrlich – ich muss mit fünfzehn etwa gefragt haben, warum er denn nun Soldat geworden ist – und hat mir gesagt, ja, er wollte eine Bauernwirtschaft haben, weil er hier seine Familie nicht ernähren konnte. Das hat er zugegeben, diese Seite. Man nimmt es ja einem anderen weg, ne? Dann muss er nach Polen gehen, wird er sich vorgestellt haben.

Ich denke, man muss immer differenzieren. Mit der DDR-Zeit genauso. Bei mir waren es sieben Mann, die über mich berichtet haben. Ich habe die Stasi-Akte gesehen, mich aber nicht darüber aufklären lassen, wer dahintersteckte. Ich bin so ein kleines Licht und so 'n angepasster Mensch und da hat einer gesagt: „ordentlich angezogen", aber er wüsste nicht, „was sie macht, ob Lehrausbildung oder was anderes". Der hätte mich doch einfach nur fragen brauchen, ich hätte es ihm erzählt. Es waren sehr viele Mutmaßungen drin und ich habe gedacht, schade um die Zeit, wo sie das geschrieben haben. Etwas, was mir direkt geschadet hätte, war bei keinem dabei. Wir haben Nutrias gehalten, um das Fell zu verkaufen und in den Berichten haben die gefragt, wo ich das Geld für Futter herhätte – die hätten mir mal lieber helfen sollen, meine Futterrüben zu ernten und Knollen zu buddeln. Da hatte ich das Futter her.

„Ich denke, man muss immer differenzieren."

Ich habe sogar ML (Marxismus-Leninismus) unterrichtet, eigentlich bin ich ja Pflanzenproduzentin. Habe Pflanzenproduktion unterrichtet, aber damit hab ich mein Volumen nicht vollgekriegt. Das war bei uns allen so, einer hat zum Beispiel Sozialistische Arbeitswissenschaft unterrichtet. Ich muss sagen, gefallen hat mir die marxistisch-leninistische Philosophie. Weil das ja zurückgeht bis auf die alten Griechen, das war schon eine tolle Sache. In der politischen Ökonomie kann man Gesetzmäßigkeiten erkennen. Der wissenschaftliche Kommunismus hat dann schon vorne und hinten nicht mehr hingehauen. Da haben sie mich auch gefragt, was denn mit der Reisefreiheit ist. Ich habe gesagt, das kann ich auch nicht beantworten. Bei den Meisterlehrgängen oder bei den Ingenieuren gab es schon echte Diskussionen. Aber nicht hinter dem Rücken, ich hatte auch keine Veranlassung, jemanden anzuzeigen.

Das hier, Ecke *Breite Straße/Oderstraße* ist die Stelle, wo mein Elternhaus stand. Es war wohl ziemlich schmal, mein Vater hat gesagt, er musste die Pferde ausspannen, um den Wagen per Hand reinzukriegen. Wir haben später mal überlegt, ob mein Sohn, der bei der LPG in Lebus arbeitete, das Grundstück aufbauen sollte. Aber da war er noch so jung, das haben wir gar nicht weiter überlegt. Ich wollte nicht in der Unteren Stadt wohnen, meine Großeltern hatten auch hier in der Oderstraße ihren Altenteilsitz gehabt, das hätte ich ja übernehmen können. Ich bin nach meiner Scheidung aus Klein-Neuendorf hierhergezogen, da war immer Hochwassergefahr und so eng alles. Und jetzt lebe ich da oben auf so einer weiten Ranch.

Wir erzählen uns immer, dass wir die Bachstelzen sehen, den Fasan, den großen Hasen und die Rehe. Einmal war da ein zahmes, das muss jemand

Ingrid Blankenfeld schaut auf die Stelle, an der ihr Elternhaus gestanden hat.

mit der Flasche aufgezogen haben, das ist wie ein Hund hinter einem hergelaufen. Ich füttere meine Spatzen, das gefällt mir da oben. Mein Sohn hat zum Glück in meinem Garten gebaut, die haben mich unter Kontrolle, ob ich mal mit einem Schlaganfall darniederliege. Oder wie ich mir mal die Hand gebrochen hatte, da bin ich außen an der Veranda die Leiter hochgekrabbelt, um die Fenster zu putzen, da hat mein Sohn gesagt: „Na, hast wohl schon wieder Sehnsucht nach deinem Lieblingsdoktor?"

Unterrichtet hatte ich in Seelow und in Lebus gewohnt, ich war jeden Tag elf Stunden aus dem Haus. Die Unterrichtsvorbereitung habe ich zu Anfang wortwörtlich aufgeschrieben, für fünfundvierzig Minuten. Und ich habe heute noch Alpträume, dass der Stoff nicht reicht. Dass man das nicht löschen kann, ich unterrichte ja nun schon eine ganze Weile nicht mehr. Wir haben viel ausgebildet an der Landwirtschaftsschule und der Doktor, als der meine Hand geröntgt hat, hab ich auf sein Namensschild geguckt, denke, den kennst du doch! Sein Vater hat bei uns Natur- und Landschaftspfleger unterrichtet. Wir haben einfache Facharbeiter umgeschult zu Landwirten, zu Gärtnern und Gärtnermeistern und beim Pflanzenschutz Agrochemiker und Facharbeiter zu Agrochemikermeistern. Als Außenstelle von Fürstenwalde haben wir Agraringenieure ausgebildet und als Außenstelle von Beelitz auch noch Ökonomen. Recht breit gestreut.

Nach der Wende war das schwierig, da gab und gibt es noch heute keine Garantie, die Landwirtschaftsschule zu finanzieren. Wir haben dann noch Jäger und Angler geschult, und ich habe zum Beispiel Natur- und Landschaftspfleger umgeschult. Immer ganz neue Sachen, denen man sich widmen musste. War schwer, weil man überhaupt gar keine Unterlagen hatte und Referenten finden musste. 2001 bin ich in Rente gegangen, weil meine Mutter ein Pflegefall wurde, ich fühlte mich als Älteste berufen, aber zum Glück hat meine Schwägerin in Wüste Kunersdorf das übernommen. Und mein Bruder. Den liebe und verehre ich irgendwo, meinen jüngsten Bruder. Ich konnte dann weitermachen und hab nebenbei noch unterrichtet bis 2011, da war ich 70 Jahre alt. Ich muss schon sagen, wenn immer über die Rente diskutiert wird – wenn man fit ist, kann man das durchaus. Ich habe auch Berufs- und Arbeitspädagogik unterrichtet, die mussten immer ihr Lehrstück vorführen, das wurde mit der Kamera aufgenommen und abgespielt. Die jungen Männer haben mir immer geholfen. Ich habe nie diesen Altersunterschied gemerkt zu den Jüngeren. Einer der letzten Jahrgänge, da ist erst meine Chefin reingegangen und hat sich vorgestellt und dann ist die Stellvertretende reingegangen und ich war die dritte, ich guck auf die Kärtchen und sage zu einem: „Ich glaub, mit Ihrer Mutter habe ich zusammen gelernt, ist das Ilse?" „Nee, das ist meine Oma", sagt der. Die geben sich immer zu erkennen. Mit Gert, meinem dritten Lebenspartner, sind wir viel auf Fußballfeldern unterwegs gewesen und dann habe ich schon gehört: „Ach, da ist Frau Blankenfeld." Dann haben sie mit mir geredet, das gefällt mir!

Hier in der Unterstadt ist die Hochwassergefahr immer dabei. Das Hochwasser von 1947 sitzt noch in meinem Unterbewusstsein. Da haben wir im Busch im Bauerngehöft meiner Großeltern Wolf gewohnt, unser Haus war abgebrannt, wir sind ja erst nach Polen, kamen zurück und haben zu zwanzig Mann bei einer Tante gewohnt und dann sind wir hier runtergezogen. Zuerst im Keller, meine Oma hat Typhus gekriegt. Dann wurde der Schweinestall hergerichtet, das war Küche und Schlafstube in einem. Über diesen Schweinstall sind wir 1947 hochgezogen.

Wir sind nicht weg, als das Wasser kam. Obwohl meine Mutter Nichtschwimmer war und wir kleine Kinder. Ich weiß noch, ich war ja schon sechs, wie das Wasser gestiegen ist und beinahe über den Damm gelaufen. Auf einmal ist der Damm bei Reitwein gebrochen und weil das tiefer liegt, ist alles nach Wriezen gelaufen. Wir haben zum Glück im Busch nichts gehabt von dem Hochwasser.

Lebus in einem Winter vor der Zerstörung.

Meine Großeltern Christoph sollen immer mal Wasser im Keller gehabt haben, die sind mit der Tatsache zurechtgekommen. Hier in der Oderstraße haben im Juli 1997 viele gesagt, wir haben schon so viele Hochwasser mitgemacht, das wird nicht so schlimm! Es hat keiner gedacht, dass es so doll kommen könnte. Ich war selbst nicht betroffen, aber hier unten wars schlimm. Das Wasser reichte bis zur Pumpe bei Uckrows.

Ich war fünfzehn Jahre vor und fünfzehn Jahre nach der Wende Abgeordnete. Da habe ich gesagt, ich würde alles machen, am Telefon sitzen oder was nötig ist. Wir haben in Lebus Quartiere gesucht für die Golzower, als die umgesetzt wurden. Es kamen Hilfssendungen und wir haben viel verteilt. Manche haben sich ausgemistet, alte Sofakissen und so'n Mist, aber grad die Älteren, die sowas schon mal miterlebt hatten, haben gute Sachen gespendet, neue Bettwäsche zum Beispiel. Der Zusammenhalt ist uns da gut gelungen. Niemand war neidisch aufeinander, manche haben gesagt: „Gebt mal lieber Mehnerts, die haben gar nichts." Baumaterial konnten sie auch verbilligt kaufen.

Die größte Katastrophe, die Lebus erlebt hat, war aber der Krieg. Die starke Zerstörung, die Leute waren bis nach Viez hin evakuiert. Als sie zurückkamen, haben sie gesagt: „Ach, der Kirchturm steht noch." Und sie dachten, ganz Lebus sieht so aus. Es gab nichts zu essen, mein Lebenskamerad kam aus Meseritz und eine Tante von ihm wohnte hier in der Mühlenstraße, die hat gesagt, hier gebe es nichts zu essen, sie sollten weiterziehen. Der war dann in Mecklenburg. Dort war nichts zerstört, er hat besser gelebt nach 45. Mich haben sie erstmal zu Verwandten nach Cochstedt bei Magdeburg geschickt, weil ich verlaust war. Meine Oma war dagegen, weil die meine blonden Zöpfe so liebte.

Ich habe immer gern gegessen und wurde dort aufgepäppelt, ich habe mich auch immer eingefügt. Heimweh habe ich nicht gehabt, ich kenne weder Heimweh noch Fernweh. Dort habe ich Freunde gefunden, Ilschen und Otto, die waren in meinem Alter, es ist mir gutgegangen. Mein Opa hat erzählt, es war ja alles vermint und zerstört, die erste Ernte als Bauer waren grüne Bohnen. Die Cochstedter hatten Bohnensamen mitgebracht, Gänse und Hühner, damit hatten wir Startbedingungen. Und andere, meine Frau Doktor Klupsch (die Vorfahren kommen aus

Zerstörte Häuser an der Oder- und Schulstraße nach 1945.

der Danziger Ecke und ihre Vorfahren waren alles Polen – zu Hitlers Zeiten durften die Oma kein Polnisch sprechen und danach kein Deutsch), die sind erst 1948 gekommen, in so ein verfallenes Haus. Aber die haben so gern geteilt und mir immer mal einen Apfel gegeben. Und sie haben oft Sauerampfersuppe gekocht und mir davon angeboten.

Das habe ich unserer Muttern erzählt und so eine Tracht Prügel gekriegt! „Wir haben schon alles verloren," sagte sie, „aber die Regenbrechs haben noch mehr verloren. Und die haben hier keinen und du frisst denen noch was weg." Das ist mir in Erinnerung geblieben. Meine Eltern waren recht mitfühlend mit anderen und sozial eingestellt. Bei meiner Oma ist nie ein Bettler vorbeigegangen, der nichts zu essen gekriegt hat. Mein Vater war ein Heide, aber weil er gut singen konnte, war er im Kirchenchor. Hat aber immer aufgetrumpft, er ist ein Heide. Die Regenbrechs aus Danzig sind heute noch katholisch, aber da durfte ich mit, die hatten zuerst in Reitwein ihre Kirche, also, wir waren immer tolerant.

Ich habe ja zuerst im Busch gewohnt und bin von dort zur Schule, ich hatte nicht die schönste Kleidung und war nie pünktlich und hatte auch oft keine Schularbeiten gemacht. Wir hießen die Buschneger, weil wir doch etwas verdreckt waren. Lehrer Peisert, der war ein Phänomen, er konnte die Damen und die ausgebufften Bengels besonders leiden. Und mich nicht. Wenn ich zur Schule zu spät kam, hat er mich immer gepackt und gefragt: „Christoph, wo kommst du jetzt her?“ Als wir das erste Klassentreffen hatten nach der Wende, da habe ich erst die Kleingärtner beschult in Freienwalde, meine Mutter zu einer Beerdigung gebracht, bin wieder nach Hause gefahren und war statt um einse um dreie da, da bin ich reingekommen und hab gesagt: „Herr Peisert, Sie können es jetzt wie früher machen, mich am Schlafittchen nehmen und fragen, Christoph, wo kommst du jetzt her?“ Da hatte ich die Lacher auf meiner Seite. Und er meinte: „Ich hab Ihnen aber auch zwei Bärchen geschenkt!“

Ich wollte nämlich eigentlich Ausgrabungen machen oder Bibliothekarin werden, das waren so meine Richtungen. Doktor Peisert hat mit uns Jungen Historikern immer Ausgrabungen gemacht, da haben wir Spinnwirtel gefunden, Tonscherben und anderes. Der konnte so interessant erzählen, von Hannibal, wie der von oben nach Italien gezogen ist und den Römern das Blut in den Adern gefroren ist, da haben wir mit offenem Mund zugehört. Das war immer wunderbar! Und einmal sind wir Jungen Historiker nach Frankfurt gelaufen und haben dort im Kindergarten übernachtet und er hat uns gezeigt, wo die alte Universität war. Am nächsten Tag hat er das abgefragt und ich habe eigentlich ’ne schnelle Auffassung, aber das hält immer nur zwei Tage. Da hatte ich Glück, konnte alles beantworten und habe solche Spielzeugbärchen gekriegt. Später hat er mir nochmal einen Eisbecher ausgegeben. Wir haben uns versöhnt.

Die Ausgrabungen von Professor Unverzagt auf dem Burgberg haben wir uns auch angeschaut, *Zur Scharfen Harpune* hieß da oben die Ausstellungsbaracke. Da habe ich auch sehr gestaunt, meine Schwester war ja ganz anders als ich, Oberschule, Außenhandel studiert, Sprachen geliebt und so, und der Sohn wollte nicht so recht in der Schule, ist die Lehrer angegangen und hatte mehr rote Einträge als alles andere. Und zur Jugendweihefahrt hat sie gefragt, ob ich sie nicht hier in Lebus führen kann. Sie kamen vom Prenzlauer Berg angefahren, wir sind erst zum *Anglerheim*, die hatten schön mit Servietten eingedeckt mit Vorsuppe und so, da waren die Berliner schon ganz happy. Und dann bin ich hoch zu den Ausgrabungen mit denen und habe gedacht, das geht denen doch sonst wo vorbei. So richtige Berliner. Nein! Da war der Herr Lemke (Assistent von Professor Unverzagt, führte die Grabungen nach dessen Tod weiter) schon sehr alt gewesen, hat aber was zu den Grabungen erzählt, das fanden sie phantastisch. Ich hatte auch Herrn Schulz für den Sowjetischen Ehrenfriedhof besorgt und der fragte: „Wart ihr schon in der Schule?“ Da gab es ein Traditionszimmer mit den Ergebnissen, was die Jungen Historiker so zusammengetragen hatten, das haben wir uns angeguckt und die Berliner haben gesagt, das wäre bei uns nicht möglich, das würde am ersten Tag schon alles geklaut werden. Zum Schluss am Zug meinten sie: „Na, die anderen werden sich aber ärgern, was wir alles erlebt haben!“ Das hätte ich nie für möglich gehalten.

„Man könnte auf so vieles stolz sein in Lebus.“

Man könnte auf so vieles stolz sein in Lebus. Ich bin in der Volkssolidarität aktiv, und manchmal finde ich das tragisch… wir sind an die 600 Rentner hier und morgen habe ich den Spiele-Nachmittag, aber das letzte Mal waren wir nur neun, grade mal drei Tische! Und wenn wir morgen zwei Tische vollkriegen, ist es viel. Auch bei den Veranstaltungen des Heimatvereins, als die Lesung war zu Herrn Eich, da haben wir uns angeguckt, wie viele Lebuser dabei sind. Insgesamt waren wir vierzig vielleicht, das funktioniert nur, wenn andere dazu kommen, Frankfurter vor allem. Und wir haben Bowling gemacht. Mir haben ja eher die Wurfdisziplinen gelegen, ich hatte Urkunden im Diskuswerfen und Kugelstoßen, aber gut, dann habe ich Bowling mitgemacht. Da waren wir nur drei oder vier, das werden wir aufgeben. Zur Therme fahren wir bis nach Burg, da müssen wir dreißig sein, hach, können wir abschreiben. Wenn ich aber insgesamt gucke, in den vielen Vereinen sind sie dann doch wieder beschäftigt und aufgefangen. Karnevalsverein, Sportverein, Heimatverein und Volkssolidarität.

Oderlandschaft im Februar 2021.

Der Kampfmittelräumer

Wieder oben an der *Straße der Freiheit/*Höhe *Kirschallee* angekommen, muss ich tief durchatmen. Der Krieg sitzt der Stadt noch immer unter der Haut. Wann wird das letzte Kriegszeugnis geborgen sein? Im September 2021 veröffentlicht der Kreisfeuerwehrverband Märkisch-Oderland e. V. auf seiner Webseite zum 30-jährigen Bestehen des KMBD (Kampfmittelbeseitigungsdienst des Landes Brandenburg), dass die 81 Mitarbeiterinnen und Mitarbeiter seit 1991 „über 32 Millionen Kampfmittel geborgen und vernichtet" hätten. Darunter über „169.000 Bomben aller Arten (Spreng-, Brand-, Nebelbomben) und mehr als 268.000 Granaten größer als 5 cm". Für jeden Bewohner Brandenburgs gilt: „Wer Kampfmittel entdeckt, besitzt oder Lagerstellen kennt, an denen Kampfmittel liegen, hat dies unverzüglich der Ordnungsbehörde anzuzeigen. Außerhalb der Dienstzeit ist die Polizei zu benachrichtigen. Bis zum Eintreffen des Ordnungsamtes oder der Polizei ist der Fundort zu beaufsichtigen."

Der erste Polizist im Amtsbereich Lebus nach 1945, Hans Schulz, erzählte in den 1960er Jahren der Arbeitsgemeinschaft Junge Historiker, wie die Lebuser die Monate nach dem furchtbaren Krieg erlebten, wie Minen geräumt wurden und dass etwa 200 Menschen durch Munition ums Leben kamen. Holz sammeln in den umliegenden Wäldern und allein die Äcker bestellen waren lebensgefährliche Unternehmungen. In Zeitzeugenberichten ist in einer Publikation des Heimatkreises Lebus beschrieben, wie die Menschen im Kreis Lebus unter den Kriegsereignissen litten. „Kreis Lebus – Ein leidgeprüftes Land" heißt das 1988 (5. Auflage 2005) erschienene Buch. Darin sind nicht nur erschütternde Erlebnisberichte zusammengestellt, ein Kapitel erörtert mit Hilfe von Zeichnungen und Abbildungen auch, wie Munition beseitigt und Minen gefunden sowie vernichtet wurden. Ein anderes Kapitel berichtet von der Hochwasserkatastrophe (1947). Wie sieht es heute aus? Ganz in der Nähe habe ich frische Absperrbänder sowie Schilder gesehen. Mitten in Lebus werden immer noch Kampfmittel geräumt. Ich will es genauer wissen, laufe den Hang zur *Kirschallee* hoch und befrage den Feuerwerker des Kampfmittelräumdienstes nach seiner Arbeit.

Robert Beuschel, Jahrgang 1983

„Ich arbeite seit 2013 bei der Firma Röhll."

Wir sind nach Lebus gerufen worden, weil hier in der *Kirschallee* gebaut werden soll. Das Gelände muss jetzt abgesucht werden. Normalerweise gehen wir mit der Sonde rüber, aber das ist hier nicht möglich, weil genau an der Stelle eine Schmiede stand. Da ist zu viel Metall im Boden. Gleich obendrauf lag eine alte Richtbank. Wir werden nach und nach alles rausnehmen und schichtenweise abtragen. Das Prozedere ist so: Der Bauherr stellt einen Antrag beim Zentraldienst der Polizei, von denen geht der Auftrag raus an den Staatlichen Räumdienst und in Brandenburg muss immer abgesucht werden. Hier sowieso. Das ist heute unser erster Tag, nächste Woche Mittwoch wollen wir fertig sein, es dauert also eine gute Woche. Normalerweise brauchen wir drei Tage für ein Grundstück dieser Größe. Hier sind jedoch erschwerte Bedingungen durch den ganzen Schrott, deshalb wurde die Frist geändert. Wir haben schon Zivilschrott gefunden, einen eingewachsenen alten Zaun und DDR-Müll. Splitter haben wir auch schon ein paar gefunden. Ein Stück von einer Panzerkette kam mit raus, vielleicht wurde der Panzer hier irgendwo getroffen oder ist auf ne Mine gefahren und das Stück ist dabei weggeflogen. Im Oderbruch ist mit allem zu rechnen.

Wir ziehen jetzt zwanzig Zentimeter Boden ab, dann gehen wir mit der Sonde rüber und die Werte, die dann rauskommen, nehmen wir mit dem Spaten ab. Der Staatliche Räumdienst nimmt Splitter und Munition mit. Der Zivilschrott bleibt liegen, der gehört dem Eigentümer, den kann er dann wegbringen. Das gibt auch immer ein bisschen Geld. (*Robert Beuschel legt sich die Sonde um und schwenkt den Arm langsam von links nach rechts, es fängt an zu knarzen und zu piepsen. An einer Stelle wird es lauter, es krächzt.*) Das wäre jetzt ein Wert zum Beispiel, es kann ein Splitter sein, Eisen, egal was. Wo wir nicht sondieren können, dafür kommen noch die Vermesser von uns raus. Dann wird das so eingemessen, dass das, was wir abgesucht haben, freigegeben wird und der Rest halt nicht. Wenn so eine Baustelle kommt, wird im Vorfeld abgeklärt, ob die Archäologen dabei sein müssen oder nicht. Wir hatten zum Beispiel eine Baustelle in Gottesgabe, da waren die Archäologen mit vor Ort. Es gab mal zwei Bauernhöfe, die nach dem

Krieg zusammengeschoben wurden und man dachte, dass man vielleicht ältere Fundamente findet. Aber da war nichts, das waren normale Gehöfte aus den 1920er Jahren. Manchmal kommen alte Bierflaschen mit raus, einen Schatz habe ich noch nicht gefunden. Gold findet die Sonde sowie nicht und wenn man was findet, ist es ein Beifund, das muss der Denkmalpflege gemeldet werden. Dann sind wir raus.

„Scharfe Munition haben wir schon öfter gefunden."

Scharfe Munition haben wir schon öfter gefunden, deswegen machen wir ja die Arbeit. Von einer amerikanischen 250-Kilogramm-Bombe, das war das größte bis jetzt, bis zur normalen Infanterie, Flakmunition oder einem Panzer-Kanonenrohr. In Breese haben sie grad den Damm neu gebaut und aufgemacht für den Wasserschutz, da hatten wir beim ersten Mal elfeinhalb Bomben und beim zweiten Mal waren es achtzehn. Von einem Meter zwanzig Länge bis zu vier Metern. Entweder war da schon ein Trichter oder wenn das ein Überschwemmungsgebiet ist, wie da oben an der Elbe, dann sinken die tiefer rein. Es wurde mal gesagt, für Mecklenburg bräuchten sie siebzig Jahre, wenn sie durchgängig räumen, für das Oderbruch aber auch. Ab dem Zeitpunkt, wo der Bericht erstellt wurde, das ist, glaube ich, fünf Jahre her. Aber dadurch, dass nicht immer Gelder da sind und man nicht durchgängig räumt, wird sich das hinziehen.

Wir sind ungefähr 180 Leute in der Firma Röhll (Munitionsbergung GmbH), Hauptsitz ist Brandenburg, in Frankfurt (Oder) ist die Zweigniederlassung. Bei einer normalen Truppstärke ist der Feuerwerker vor Ort, der Maschinist und ein Räumarbeiter. Es kommt aber immer auf die Größe der Fläche an, es kann halt bei mehreren Hektar passieren, dass ich vier Feuerwerker vor Ort habe und ganz viel Räumpersonal, damit es schnell fertig wird. Der Feuerwerker ist im Endeffekt der Polier, der Chef auf der Baustelle, der mit der entsprechenden Ausbildung. Der Räumarbeiter ist der Buddler und Sondierer, die haben nicht die Ausbildung, sind zwar auch erfahren, aber munitionstechnisch ist der Feuerwerker der Chef. Es gibt drei Sprengschulen, meine war in Dresden, die Ausbildung dauert neun Wochen. Voraussetzung ist eine abgeschlossene Berufsausbildung und eine zweijährige Tätigkeit in der Munitionsbergung. Wir sind deutschlandweit unterwegs. Wenn es mal weiter weg ist, wird auch dort übernachtet. In Frankfurt haben wir zwei Sekretärinnen und einen Niederlassungsleiter, der hat auch noch zwei rechte Hände. Und etwa acht Vermesser haben wir.

Es gibt zu jedem Objekt eine historische Sichtweise und wenn wir vom Räumdienst den Ordner bekommen, steht da drin, warum, wieso, weshalb. Was gefunden werden könnte. Bei uns in der Region kann alles vorkommen, sowohl amerikanische als auch englische und russische Kampfmittel. Während man in Westdeutschland meist amerikanische und englische Sachen findet. Dann steht drauf, was für Kampfmittel zu erwarten sind, nur Bomben oder auch Kleinmunition – so wie hier, es muss mit allem gerechnet werden. Da weiß man als Feuerwerker schon Bescheid, worum es geht.

Knochen kommen häufig vor. Die, die wir hier gefunden haben, stammen von Tieren, sie sind teilweise zersägt, um an das Knochenmark ranzukommen, das wurde früher ausgekocht.

„Wenn wir Gefallene finden, wird die Arbeit in dem Bereich eingestellt."

Wenn wir Gefallene finden, wird die Arbeit in dem Bereich eingestellt. Dann wird Herr Koslowski vom Volksbund Deutsche Kriegsgräberfürsorge e.V. eingeschaltet. Der kommt und birgt die Knochen. Wir gucken, ob wir die Erkennungsmarken finden oder ob irgendwo der Name drauf sein könnte. Bei den russischen Gefallenen ist es meist so, dass sie einen Löffel dabeihatten, wo ihr Name eingeritzt war. Gefallene habe ich schon öfter gefunden. Das geht einem schon ein bisschen nah, aber das ist ja eine wichtige Sache für die Nachfahren, dass die informiert werden, wenn wir wissen, wer es ist. Dass so ein Schicksal gelöst ist. Wenn wir Interesse haben, können wir fragen und auch zu so einer Bestattung gehen, aber meist lesen wir das auf der Website oder in der Zeitung. Unter der Woche habe ich gar keine Zeit, zu Beerdigungen zu gehen.

Wir gehen Streifen für Streifen durch und räumen. Wenn wir hier fertig sind, geht's nach Zossen, Bohren bei der Bahn. Da wird das Gleisbett raus-

Kampfmittelräumung in Lebus, erster Arbeitstag.

genommen, der Kollege steht daneben und guckt, ob beim Schotter schon was dabei ist und guckt mit der Sonde, wenn der Schotter weggeräumt ist. Nach den tieferliegenden Werten, da waren jetzt schon mehrere Gefallene drin und relativ viel Munition. Die Bahn ist ja immer bombardiert worden, beziehungsweise die Schienen. Und nach 1945 hatten alle die Schnauze voll vom Krieg, also rein in die Löcher mit den Leichen, zu, fertig.

Offiziell liegen in Deutschland keine Minen mehr. Inoffiziell haben wir einiges gefunden, in Klessin auf einer Baustelle waren es Reste von Schützenspringminen, da sollte auch keiner was sagen, dass da Minen lagen. Aber das ist normal in einem Kriegsgebiet. Ich war acht Jahre bei der Bundeswehr, da wurde gesagt, wenn in einem Land zehn Jahre nichts mehr mit Munition passiert ist, dann zählt das Land nicht mehr als Kriegsgebiet. Und hier passiert ja immer noch wat. Ich war 2006 im Kosovo-Einsatz, das ist ganz schön kaputt, das Land. Aber in Polen sieht es genauso aus, bis 1995, wo die Grenze offiziell festgelegt wurde, haben die Polen ja an ihren Häusern auch nichts gemacht. Weil sie sich nicht sicher waren, müssen sie es noch zurückgeben oder nicht. Meine Schwägerin ist Polin und die hat einen sehr guten Kumpel, der ist Hobbyarchäologe und hat schon viele Münzen abgegeben ins Museum – aber in Polen ist das Sondeln auch verboten. Passieren kann hier grade gar nichts, es ist ja achtzig Jahre lang nichts passiert. Das ist hier die Richtbank, die will der Besitzer auch behalten, vielleicht schick machen und in den Vorgarten stellen. Ich hatte mal ein Motorrad gefunden, das steht jetzt auch im Vorgarten. Da haben schon viele angehalten.

Vom Wasserturm zum Sportplatz

Einige Schritte von der Grundstückserschließung entfernt stehe ich am nördlichen Ende der *Kirschallee*, bevor sie den Berg hinunter ausläuft. Der Höhenzug der Scholle endet in der Straße *Wasserturm* an einem bewaldeten Hang. Ein Spaziergänger in Lebus hat etliche Höhenmeter zu überwinden, auch Radfahrer stehen oft ungläubig vor den Berglandschaften der Oderstadt. Wie sieht es eigentlich mit der Sportbegeisterung in Lebus aus? Ich habe jemanden getroffen, der es wissen könnte.

Urs Walter, Jahrgang 1970

„Meine Mutter und meine Großeltern mütterlicherseits sind Lebuser."

Aber in meiner Kindheit haben wir zehn Jahre in Hönow bei Berlin gelebt. 1984 sind wir zurückgezogen, im Prinzip bin ich hier großgeworden und seitdem Lebuser. Das darf man ja nach zwanzig Jahren sagen, solange bist du nämlich Rucksacklebuser. Zu den Spielen von Union Berlin bin ich erst gegangen, als wir in Lebus gewohnt und das Haus gebaut haben, sympathisiert hatte ich schon früher mit dem Verein und immer selbst Fußball gespielt. Dann war das Kind da, meine Tochter war drei, und mein Kumpel sagte, er fährt zu Union, da habe ich gesagt: „Ich komme mit und nehme die Kleene mit!" Sie hat da schön im Schotter auf der Tribüne gespielt und Steine rumgeschmissen. Ich bin immer öfter gefahren, habe am Stadion mitgebaut und bin irgendwann Mitglied geworden. Das wurde immer mehr und gleichzeitig ist mein Einsatz bei Blau-Weiß Lebus zurückgegangen. Ich habe ab einem bestimmten Alter nur noch sporadisch Fußball gespielt und mich zurückgezogen – ich war ja jetzt auch völlig vom Unionvirus infiziert und bin Allesfahrer geworden. Vor Corona: wenn es ging, alles, heim und auswärts. Zweite Liga kennen wir, als wir in die Erste kamen, kam dann auch Corona.

Aber in Lebus habe ich jahrelang mitgespielt im Sportverein, bin mit im Vorstand gewesen, hab meine ganze Zeit hier verbracht. Das und gleichzeitig zu Union fahren wurde zu viel, ich habe mir gesagt: „Dit oder ditte". Angefangen mit Fußballspielen hatte ich bei Medizin Marzahn in Mahlsdorf, dann sind wir nach Lebus gezogen und ich habe gleich bei der SG gespielt. Mit der Wende kam die Umgründung und die Aufspaltung im Verein, die SG ist ja ein sehr alter Verein. Wir Fußballer spalteten uns ab und gründeten Blau-Weiß Lebus, später gab es noch den Zusammenschluss mit Turbine Frankfurt (Oder). Dann hießen wir Blau-Weiß Lebus Turbine, das war aber keine so tolle Idee. Der Aufbau der Skaterbahn war finanziell ein ziemlicher Kraftakt: Immer wieder Nachfinanzieren – das war ein heilloses Durcheinander. Der Verein übernahm das Sportplatzgelände mit einem Erbbaupachtvertrag. Mit der gesicherten Unterstützung der Stadt, wobei der Verein für seine Erhaltung und die

Die Skaterbahn am Sportplatz.

Jugendarbeit eine feste Summe bekommt. Das war ganz schön Zinnober, was hier abgegangen ist in der Zeit. Am Ende dreht sich alles um Geld. Ich habe mit Mitte vierzig aufgehört zu spielen, vor sechs, sieben Jahren. Bis dahin hatte ich mich auch aktiv im Vorstand beteiligt und das dann nach und nach runtergefahren. Nun bin ich auch mehrere Wahlperioden Stadtverordneter, mit dem Sportverein hat das damals gut gepasst, ich konnte ein bisschen helfen. Dass es weiterging, die Skaterbahn hat ohne Ende Geld gekostet. Das ist eine richtige Sprinterbahn zum Skaten, die Hoffnung war, dass Lebus ein Stützpunkt werden könnte, aber das hat sich nicht erfüllt. Das Geld hätte man höchst wahrscheinlich für andere Sachen besser gebrauchen können, nachher ist man immer schlauer. Wir brauchten Geld, das wurde vom Land wie immer übers Gießkannenprinzip gefördert, dann wurde das durchgezogen.

Früher war auf dem Sportgelände an der Kietzer Chaussee ein Reitplatz. Das kleine Gebäude war der Turm für die Ankündigungen und längsseitig gab es aufgeschüttete Wälle. In den 1950er und 1960er Jahren wurde wohl auch sehr aktiv Feldhandball in Lebus gespielt. Vor 1990 war der Sportplatz weitläufig, für das Springreiten gab es einen großen Platz und später kam noch der Fußballplatz dazu. Es gab schon mehrere Sportsektionen,

Pferdesport und Fußball waren die größten. Wir hatten in Lebus sogar mal drei Fußball-Männermannschaften. Alle Nachwuchsbereiche waren besetzt und zwei Mannschaften gab es immer, eine Erste und eine Zweite. Sie haben es sogar mal bis in die dritthöchste Spielklasse der DDR geschafft (Bezirksliga), damals spielte man aber noch in der Mühlenstraße.

Die Kinder und Jugendlichen haben jetzt ganz andere Möglichkeiten, sich aktiv zu bewegen oder nicht zu bewegen. Der Ort ist gewachsen, wir waren zu DDR-Zeiten 1.700 Leute hier, jetzt leben in Lebus über 3.000. Die Schule ist voller als vorher, aber das Interesse ist gesunken, spätestens seit dem Aufkommen des Internets. Früher musste sonntags gemaukt werden. Da traf man sich auf dem alten Sportplatz in der Mühlenstraße, jetzt stehen dort Häuser. Das war ein unbequemer kleiner Platz, uneben und schwer bespielbar. Die Leute standen ganz nah dran, das war schwierig, ich kenne das noch als Kind. Wenn die Männer gespielt haben, war das ein richtiges Heimspiel! Ich glaube, Mitte der 1980er hat man den anderen Platz an der Kietzer Chaussee gebaut und das *Sportlerheim*, dahinter war der Pferdeplatz und weiter hinten der neue Fußballplatz. Das mit den Pferden ist nach der Wende eingeschlafen, erst wurde das Gelände als Trainingsplatz genutzt und dann kam die Idee mit der Skaterbahn auf.

Turm der ehemaligen Reitbahn Lebus.

Der Vereinssport in Lebus

Unmittelbar nach dem Zweiten Weltkrieg gab es für die Jugend in Lebus noch keine vereinsmäßige sportliche Betätigung. Ab etwa 1948 wuchs ein sportliches Interesse, die Jugendlichen spielten beim Ziegenhüten auf den abgemähten Wiesen am *Anglerheim* und in den Oderbergen Kampfspiele mit einem Ball. Die weitläufigen Wiesen des Oderbruchs boten den idealen Ort zum Bolzen. Gespielt wurde mit selbst geformten Fußbällen aus Gummiresten und Lumpenknäueln.

1947 wurde die SG Lebus gegründet, mit einer Ersten und bald auch Zweiten Herrenmannschaft. Zu den Auswärtsspielen wurde mit Pferd und Wagen und alten Fahrrädern gefahren. Bereits 1946 ging der alte Sportplatz verloren, er wurde als Ackerland genutzt. In der Mühlenstraße wurde über einen langen Zeitraum eine neue Sportanlage aufgebaut, Gräben zugeschippt, Bodenwellen planiert, alles per Hand. 1949 kam in der SG Lebus die Handballsparte mit einer Frauenmannschaft dazu. Das Interesse der Einwohner wuchs enorm, auf dem neuen Sportplatz war oft eine komplette Längsseite des Platzes von Zuschauern gesäumt. Eintritt wurde noch nicht erhoben. Seit 1949 spielte die Erste Fußballmännermannschaft der SG um die Kreismeisterschaft mit, 1955 und 1959 wurde sie Kreismeister und stieg in die Bezirksklasse Frankfurt auf. Ab Mitte der 1950er Jahre wurden Mitgliedsbeiträge und Eintrittsgelder erhoben, es entstanden eine Leichtathletiksparte und die Tischtennissparte, die an Punktspielen teilnahm, und im neuen Kulturhaus trainierte. Von 1965 bis 1970 stellte die Fußballabteilung keine Männermannschaft und 1990 erfolgte die Ausgliederung der Fußballabteilung aus der SG Lebus, der FV Blau-Weiß Lebus wurde gegründet.

Im Jahr 2000 fusionierte der SV Blau-Weiß mit Turbine Frankfurt (Oder) zum SV Blau-Weiß Turbine Lebus/FfO. Die Fußballabteilung wechselte ein Jahr später in den Spielkreis Märkisch Oderland, die Fußballer von Turbine verließen den Verein, während die Abteilungen Kegeln, Volleyball und Tischtennis im Verein blieben. Lebus startete mit zwei Mannschaften in der 2. Kreisklasse Nord beziehungsweise Ost. 2004 wurde eine Fußball- Seniorenmannschaft Ü35 aufgebaut, ein Jahr später die Skating-Abteilung. 2006 konnte die Speedskate-Arena in Lebus eröffnet werden und war Austragungsplatz der Landesmeisterschaften im Speedskating. 2011 erfolgte die Umbenennung des Vereins in SV Blau-Weiß Lebus.

(gekürzt wiedergegeben nach: https://www.blauweisslebus.de/pages/verein/chronik.php)

Nach der Wende hab ich bei den Wasserwerken angefangen. Bis 2006 war ich hier in Lebus und in den umliegenden Orten tätig, dadurch kenne ich hier fast jedes Haus. 2006 bin ich nach Fürstenwalde, unser Bereich wurde im Prinzip geschluckt. Jetzt bin ich in Fürstenwalde beim Zweckverband und kümmere mich um die Wasserwerke und Druckerhöhungen. Unser Haus steht zufällig in der Straße, wo der alte Wasserturm in Lebus gestanden hat, nun wohnen wir am *Wasserturm*. Auf der anderen Straßenseite stand er mal, es sind noch Fundamente vorhanden. Der Turm wurde Ende des Zweiten Weltkriegs gesprengt, weil er ein Artillerie-Zielpunkt war. Die Rote Armee hat den gesprengt, weil die Deutschen in Schönfließ am Bahnhof waren und schossen. In der Unterstadt war die Rote Armee dann schon gewesen und oben lagen noch die Deutschen. Das ging von Ende Januar bis Mitte April hin und her, Lebus wurde ja komplett zerstört. Der Turm hat die ganze Stadt versorgt, mir wurde mal gesagt, als er gerade so fertig war, fing der Erste Weltkrieg an. Nach dem Ersten Weltkrieg wurde die Scholle weiter erschlossen und alles ans Wassernetz angeschlossen. Das lief über zwei Stufen, du reinigst das Wasser, pumpst es in den Turm und dann brauchts du keine Energie mehr, weil der Turm den Wasserbedarf ausgleicht, den Netzdruck erzeugt, dass die Leute Wasser haben.

Als der Turm zerstört war und man wieder Strom hatte, mussten die Pumpen das Wasser komplett durchdrücken. Vom alten Wasserwerk, wie ich es noch kenne, hat man das Wasser aus der Erde durchgedrückt bis zum letzten Haus. Die Versorgungsqualität war nicht so stabil wie mit dem Turm, das wurde erst nach 1990 besser, als das Wasserwerk umgebaut wurde, unten im Tal hinter dem Pferdehof in Richtung Pontische Hänge. Weiter hinten war noch ein Pumpenhaus der LPG, das ist jetzt eine Ruine. Man hat dort Wasser aus der Alten Oder gezogen und wollte die Felder oben auf der Scholle dränen. Das war mit den ganzen Grundstücken und verschiedenen Eigentümern wohl nicht mehr möglich und wurde aufgegeben.

Meine Frau stammt aus Stralsund, sie hat in Frankfurt beim ASK Handball gespielt und wir haben uns „uff Disko“ kennengelernt. Sie lernte Physiotherapeutin und spielte Handball, irgendwann musste sie sich entscheiden, ob sie in den Westen geht und Karriere als Handballerin macht oder hierbleibt. Sie hat sich für die Liebe entschieden und ist

Historische Aufnahme: Kirschallee mit Wasserturm.

geblieben. Weil es hier sowas noch nicht gab, kam uns irgendwann die Idee: Dann machen wir in Lebus eine Physiotherapie! Wir hatten uns erst eingemietet und haben später das Haus gebaut, wo jetzt die Physiotherapie drin ist. Sie ist angekommen hier, die Leute erkennen sie jetzt eher als mich (*lacht*).

„Unsere Tochter ist dran schuld, dass ich mein Herz an Union verloren habe."

Unsere Tochter ist Mitte zwanzig und geht ihren eigenen Weg, aber sie ist sozusagen dran schuld, dass ich mein Herz an Union verloren habe. Ich wollte mit ihr unterwegs sein, was unternehmen und war dann mit ihr bei Union. Zuerst hat sie dort im Schotter gespielt und sich irgendwann für den Fußball interessiert, jetzt ist sie auch Mitglied und fährt auswärts. Das wirst du nicht mehr los, das Kind wurde geprägt. Hier gab es Leute, die sich für Union interessiert haben und gefahren sind, mit der Zeit lernt man sich kennen, sieht sich im Stadion. Auch Frankfurter, der Haufen wurde immer größer und am Ende sind wir zwanzig bis dreißig Leute, die regelmäßig fahren. Zehn bis fünfzehn aus Lebus, der Rest Frankfurter oder von den Dörfern aus der Gegend. Normalerweise feiern wir das Saisonende bei meinem Bruder, der hat einen gemütlichen kleinen Hof, da bringen alle ihre Frauen und Kinder mit, wir sammeln Geld und holen einen Bierwagen und feiern gemeinsam. Das ist wie ein großes Familienfest. Es kommen auch Freunde von anderen Fanklubs, wir sind ja kein offizieller Fanklub, die schlafen im Kirschgarten und kleben auch mal was an den ominösen Laternenpfahl in der *Kirschallee*. Da findet so ein Wettkampf der Union- und Herthaaufkleber statt. Sowas macht kein Lebuser, das sind die von außerhalb, die sich da verewigen.

Mit unserem Fanklub, da hatten wir vor etwa fünfzehn Jahren die Idee, „Mensch, wir müssten mal was machen, jetzt fahren hier so viele Leute zu Union." Wir haben uns im *Sportlerheim* getroffen und wollten einen offiziellen Fanklub gründen. Wir saßen zusammen, hatten die Unterlagen alle da und waren am Ausfüllen. Am Ende der Geschichte, die sich über mehrere Stunden hinzog, ist

Das letzte Fußballfest vor Corona.

Die Legion Viadrus im Stadion.

man sich nicht einig geworden, wie der Fanklub heißen soll. Daran ist die ganze Sache gescheitert, es wurde diskutiert, man konnte sich einfach nicht einigen. Die Mehrheit war eigentlich für Legion Viadrus, die Legion von der Oder, aber das war einigen zu mächtig, zu doll, zu auftragend. Also haben wir gesagt, wir treffen uns nochmal, aber das hat sich verlaufen. Der Name wurde später übernommen, (*lacht*), alle nennen sich Legion Viadrus, alle finden das schön auf einmal – aber die Unterlagen wurden nie abgeschickt. Jetzt brauchst du es gar nicht mehr versuchen, es gibt zu viele Fanklubs.

Wir haben unser Konto, wo wir alle einzahlen. Wir probieren immer, was zu tun, was zu spenden. Einmal haben wir Geld gesammelt für ein Wildgehege im Frankfurter Rosengarten und dann gibt es die Alte Försterei II in Südafrika, da hat ein Ausgewanderter ein Stadion für die Kinder gebaut, für die haben wir dieses Jahr Dauerkarten gekauft. Oder wir spendeten mal für die Familie eines Unioners, der in Berlin erstochen wurde. Jeder zahlt vierteljährlich einen bestimmten Obolus. Unser harter Kern besteht aus zehn, fünfzehn Leuten. Für unsere Auswärtsfahrten mieten wir oft einen Neunsitzer-Bus, viele fahren mit PKWs, wir nehmen den Zug, fahren mit meinem Bus oder fliegen halt, wenn‘s sehr weit weg ist. Eine schöne Fahrt war mal nach Regensburg. Einen Tag vorher da sein, Walhalla anschauen, ein bisschen Kultur machen, das versuchen wir immer mitzunehmen. Es gibt viele Geschichten, zum Beispiel hatten wir mal einen Reisebus gemietet und wollten am Tag, nachdem in Lebus Karneval war, früh nach Aue zum Zweitligaspiel. Manche fanden wohl kein Ende und sind gleich im Kostüm in den Bus gestiegen und dann so in Aue in den Gästeblock. Jetzt waren wir grad in Prag, Union hat endlich international gespielt. Meine große Hoffnung war ja, dass wir was richtig Schönes im Ostblock kriegen und nicht dieses unangenehme Rotterdam oder Haifa, wo eigentlich keiner hinfahren kann! Rumänien wär‘s gewesen, ich hab mich so drauf gefreut, oder Bulgarien. Nach Rotterdam fahren von uns jetzt doch zehn Leute, meine Tochter auch, ich hab einen Heidenrespekt vor der Sache, dass das alles gut geht. Uns Deutsche mögen die nicht, da ist zu viel vorgefallen.

„Wenn du Lebuser bist, musst du zum Karneval gehen!“

Ja, der Karneval: Wenn du Lebuser bist, musst du zum Karneval gehen! Das gehört sich so. Wir gehen immer im November dort hin. Ich möchte schon gerne der erste sein, der das neue Programm sieht, das ähnliche Programm kommt dann im Februar. Wir gehen immer in großer Runde. Das war früher irre verrückt hier, die Karten wurden sogar über Jugendtourist verkauft, da haben die Leute die Nacht lang gestanden, um rechtzeitig da zu sein, wenn der Kartenverkauf losgeht. Das kann man sich heute kaum noch vorstellen. Die Alten können Sachen vom Karneval erzählen, da fällst du um! Es ist schwer, sowas weiterzuleben über die ganzen Jahre. Und das haben sie drauf, Dolf und die anderen, das ist eine starke Leistung! Das geht früh los mit dem Kinderkarneval, die müssen von klein auf mit ran. Es gibt heute noch für die Kinder und Senioren eine Veranstaltung, sowie die für Erwachsenen. Damals gab es auch noch freitags Jugendfasching und wieder Sonnabend/Sonntag durch, das ging ja über zwei Wochenenden.

Es gab früher viel mehr Feste hier, aber es ist kompliziert geworden mit den ganzen Auflagen. Und für alles braucht man Leute, die ihre Zeit dafür opfern. Was du alles beachten musst, wer dafür die Verantwor-

„Die Gesellschaft engagiert sich heute nicht mehr so, das ist halt schade."

Fred Feuerstein in Aue.

tung trägt. Das größte Fest war ja mal das Fliederblütenfest, immer am Wochenende nach Herrentag, das war riesig. Und es gab über viele Jahre das Adonisröschenfest. Als das eingeschlafen ist, hat man über den Heimatverein das Erntedankfest ins Leben gerufen. Aber das Fliederblütenfest war der Hammer! Du musst immer Macher haben, die sich dafür engagieren, und die werden älter, verlieren die Lust dran und von der Jugend kommt wenig. Die Gesellschaft engagiert sich heute nicht mehr so, das ist halt schade. Da fehlt die Power, die schließen sich alle ein und machen den Rechner an. Über den Verein erreichst du die Jugend auch nicht mehr so, der Karnevalsverein fängt noch viel ab mit der Funkengarde, wo die Mädchen gut beschäftigt werden. Sportverein zieht noch ein bisschen, aber es ist irre schwer geworden. Früher sind alle hier bis zur zehnten Klasse im Ort geblieben, das macht ganz viel aus, um Identität zu schaffen. Jetzt sind sie nach der sechsten Klasse raus, fahren nach Frankfurt oder Seelow und sind erst spät abends wieder da. Wir sind alle zusammengeblieben, das fehlt jetzt, ich bin kein Fan von diesem System der weiterführenden Schulen. Das fängt mit der Jugendweihe an, früher wusste man, wer alles Jugendweihe hat im Ort. Heute hat einer zu diesem Zeitpunkt, weil er dort zur Schule geht, ein anderer sonst wann, keiner weiß mehr was vom anderen. Glück haben wir noch mit unseren Gaststätten, da hast du ja mit dem *Oderblick* oder dem *Anglerheim* gleich zwei. Das kommt ja auch selten vor, dass ein Ort noch zwei Gaststätten hat.

Geärgert habe ich mich über die Sache mit dem Wisent. Ich habe das sogar mitbekommen, ich war unten an der Oder joggen und bin dann hochgefahren, habe die Feuerwehr gesehen, aber ich habe nicht gerafft, dass das Tier aus Polen kam. Das konnte man sich doch gar nicht vorstellen. Ich dachte, der wäre irgendwo ausgebüchst.

Es gibt hier ja Gehege, das hätte sein können. Aber dass man knallhart sofort alles, was hier nicht hergehört, was man nicht kennt, was fremd ist, abknallt – damit komme ich nicht klar. Die Polen haben uns dafür ja richtig gehasst. Da fehlt Einfühlungsvermögen, dass man mal ein bisschen weiterdenkt. Was wäre das für ein Aufhänger gewesen, das erste Wisent nach über zweihundert Jahren in Deutschland! Und dann noch in Lebus. Ja, und jetzt steht Lebus bei Wikipedia im Wisent-Artikel drin als der Ort, wo das erste Wisent, das nach zweihundert Jahren wiederkam, erschossen wurde. Das ist traurig. Genau wie das Theater mit den Wölfen, wenn was passiert, muss man handeln, aber solange nichts passiert? Ich sehe nur die ganzen Schafe auf den Pontischen Hängen und an der Oder, aber keine reißenden Wölfe. Die Wölfe haben wohl noch mehr Angst vor uns als wir vor ihnen. Da muss man ein bisschen entspannter sein, schließlich ist der Wolf ja das Wappentier von Lebus.

Die Idee, im Vorfeld der 2026 anstehenden 800-Jahrfeier von Lebus einen Wappenstein im Kreisel aufzustellen, gibt es schon länger. Gestalt nahm sie nach dem Tod des Lebuser Elektromeisters Ekkehard Tillack an. Dessen Angehörige setzten ein Vermächtnis des aktiven Mitglieds des Lebuser Heimatvereins um, indem sie zur Beerdigung um Spenden für den Wappenstein statt Blumen baten. Der Heimatverein setzte die Spendensammlung danach fort. Die rund 7.000 Euro Gesamtkosten konnten durch die Spenden gedeckt werden. (*MOZ*).

Eine schöne Sache ist, dass wir auf dem Kreisel jetzt den Wappenstein haben, der Kreisel durfte ja nicht bepflanzt werden, weil er zur Fernverkehrsstraße gehört – das ist absurd!

Es gibt noch mehr Absurdes. Hinter dem Amt führt zum Beispiel ein schöner Weg hoch zum Schlossberg, der ist jetzt gesperrt. Man muss einen irrwitzigen Umweg hintenrum nehmen, mit provisorischen Lampen. Dieser Weg wurde gesperrt, weil die Stützmauer, die schon seit 100 Jahren dasteht und schon immer so aussah, plötzlich hätte einstürzen können. Der Pletschenberg ist auch gesperrt, das ist absurd! Früher hat man nicht alles reguliert und den Leuten nicht alles verboten. Da stand ein Schild für die Wanderer „Betreten auf eigene Gefahr“, das gibt es einfach nicht mehr. Das darf nicht sein, das muss gesichert werden. Man kann die Schönheit nicht mehr so genießen. Diese Überregulierung ärgert mich, aber dafür kann Lebus herzlich wenig. Aber noch mehr nervt dieser Wildzaun, der jetzt alles zerstört. Tu dir mal an, da ist ja der Radweg am Kunersdorfer Grund, wo man am See rechts abbiegen kann und man muss jetzt sieben Tore aufmachen, ehe man wieder aus Lebus raus ist. Das ist für mich nicht nachvollziehbar, man zieht oben einen Zaun und hat vorne und hinten ein Tor, aber nicht sieben.

Was wiederum richtig gut lief, war die Altstadtsanierung. Es gab zehn Jahre lang Förderung. Wenn die Stadt einen gewissen Eigenanteil bereitgestellt hat, haben wir richtig viel Geld bekommen. Damit konnte man viel machen: das Heimatmuseum, die Straßen, und oben die Burgmauern, die nachgestellt wurden – das hätte die Gemeinde in der Form nicht stemmen können und die Leute, die sich da engagiert haben, können stolz sein, dass wir in das Förderprogramm gekommen sind. Lebus lebt ja von der Natur und den Aussichten, irgendwo raufzuklettern und runterzugucken – ob auf den Schlossberg, den Pletschenberg oder die Hänge bei den Adonisröschen – und dann den Blick auf unsere Oder genießen! Das ist das Schöne.

Blick vom Pletschenberg auf Lebus und die Frankfurter Silhouette.

Noch ist zu erahnen, wo die Eisenbahnstrecke verlief.

Der Lebuser Bahnhof vom Bahnhofsplatz aus gesehen, etwa 1925.

Am Bahnhof

Wenn man vom Sportplatz an der *Kietzer Chaussee* zum Kreisel läuft, am Kulturhaus in die *Seelower Straße* biegt und deren Verlauf ein Stück folgt, zweigt bald die Straße *Am Bahnhof* nach rechts ab, führt einen sanften Hügel zwischen Feldern hinauf und in einem großen Dreiviertelkreis wieder bis nach vorn an die Hauptstraße. Ein Bahnhof ist nicht zu entdecken. Nimmt man auf der anderen Seite der Hauptverkehrsstraße nach Seelow die *Schönfließer Straße* und folgt ihr durch ein dicht bebautes Wohngebiet, gelangt man nach einigen hundert Metern an eine noch heute sichtbare Schneise und ein Haus mit einem Eisenbahnbild. Hier fuhr die Bahn über den Elisenberg nach Lebus hinein (Endstation der eingleisigen Nebenbahn war Küstrin-Kietz), kreuzte bald die Hauptstraße und hielt am Bahnhof, der heute vollständig verschwunden ist. Die Bahnstrecke wurde eingestellt, 1996 der Personenverkehr, 2000 auch der Güterverkehr. Rechts der *Seelower Straße* steht am oberen Ende der Straße *Am Bahnhof* ein Gedenkstein. Er erinnert an das Eisenbahnunglück vom 27. Juni 1977, als durch das Versehen eines Weichenwärters im Bahnhof Booßen ein Zug nach Stralsund falsch geleitet wurde und es zum Frontalzusammenstoß mit einem entgegenkommenden Zug kam. 29 Menschen, vor allem Kinder, starben bei dem Unglück. Manfred Hunger erzählte mir, als der Gedenkstein vor ein paar Jahren gesetzt wurde, sei eine Frau aus dem Dresdner Raum gekommen und habe ein Bild von ihrem Bruder mitgebracht, der bei diesem Unglück ums Leben gekommen war. Ihre Eltern seien tieftraurig gewesen, habe sie Herrn Hunger gesagt; „sich aber dann entschlossen, noch ein Kind zu kriegen, und das war ich!"

Ich treffe mich in der Straße *Am Bahnhof* mit zwei jungen Lebusern, Kindern meiner Wirtin der Pension in der *Kirschallee*, sie sind hier aufgewachsen.

Wilm Köhne (Bruder von Laura), Jahrgang 2001

„Ich bin zwanzig Jahre alt und lebe in Lebus. Geboren wird man bei uns im nächstliegenden Krankenhaus in Markendorf."

Das Schönste für mich ist hier, dass du Fläche hast. Du kannst rumrennen und alles machen, ich hatte als Kind gleich gegenüber meinen besten Freund wohnen, den nächsten fünfzig Meter weit weg. Man kann viel mehr machen, als wenn man in Frankfurt in einer Zweizimmerwohnung hängt. Vor allem konnte man laut sein, das war sehr praktisch. Und ich angle gern, bald mach ich meinen Angelschein, so fanatisch wie mein Vater bin ich nicht, aber ich bin gern auf dem Kahn mit Freunden.

Als ich in der Grundschule war, habe ich mal Munition gefunden, wir haben jeden Sommer eine Belehrung darüber bekommen – wenn man etwas metallisches, Sprengkörper oder so findet, soll man die Polizei rufen. Das war zu den Sommerferien hin, zum Winter hin gab es die Belehrung, nicht auf die Eisflächen zu gehen, weil das gefährlich ist. Ich hatte auch mal mit einem Kumpel an so einem Zünder rumgespielt. Da ist nichts passiert, wir haben Steine raufgeworfen, aus einer für Kinder sicheren Entfernung.

Nach der sechsten Klasse bin ich genau wie Laura zur Ullrich-von-Hutten-Oberschule gewechselt. Das war nicht die beste Schule, aber wenn man „charakterstark" ist oder sich nicht runterziehen lässt, dann geht das auch. Danach bin ich aufs OSZ gewechselt und hab mein Abitur gemacht. Mir liegen Naturwissenschaften, das hat sich primär erst auf dem Oberstufenzentrum rausgestellt. Vorher war das langweilig für mich, zwar logisch und ich musste nie lernen, aber es hat mich nicht weiter interessiert. Im OSZ hatte ich eine gute Lehrerin, Frau Stieler, mir hat es plötzlich gefallen, mich da reinzudenken. Das war gut.

Im Herbst lerne ich MTLA (Medizinisch-technischer-Laboratoriumsassistent), das dauert drei Jahre. Hört sich kompliziert an, aber eigentlich wertest du mehr oder weniger Proben aus. Ich muss mal gucken, ob mir das überhaupt liegt, ob ich Lust dazu habe. Danach würde ich vielleicht

Wilm Köhne in der Küche seines Elternhauses.

Mikrobiologie studieren. Wenn ich gleich mit einem Studium angefangen hätte und später abbrechen würde, weil mir das Ganze nicht gefällt, hätte ich gar nichts in der Hand. Also erstmal Ausbildung, sieht auch nicht schlecht aus im Lebenslauf. Studieren kann ich dann in Berlin, Potsdam, Leipzig oder Dresden, das lasse ich mir noch offen. Aber ich würde mich freuen, wenn es Berlin wird oder Leipzig. In Leipzig haben wir viele Verwandte und Berlin finde ich einfach spannend. Dort sieht man alles an Kultur und Mensch, seit Corona bin ich nicht mehr so oft dagewesen, vorher schon.

„Schlager und die ganzen Vierzigjährigen, wie sie im Takt mitklatschen, das ist nicht so meins."

In Lebus sind wir nicht richtig stolz drauf, dass wir den ersten AfD-Bürgermeister hatten, das hing mit der Wisent-Geschichte zusammen. Weil die Bürgermeisterin danach abtreten musste, als der erschossen wurde, das war eine schwierige Geschichte. Die Lebuser feiern gern, aber wir haben hier nur eine Kneipe und das *Sportlerheim*. Nichts für Leute in unserem Alter. Ich höre eher Rap und Ami-Hip-Hop, ne Zeitlang hab ich Metal gehört, klassische Musik und Jazz mag ich auch. Zum Karneval war ich auch mal mit, hab mit Freunden getrunken und gefeiert, aber Schlager und die ganzen Vierzigjährigen, wie sie im Takt mitklatschen, das ist nicht so meins.

Fußball habe ich gespielt, seit ich vier Jahre alt war. Das war gut für mich, zwei Mal Training, ein Spiel am Wochenende. Im Winter Halle, ab und zu ein Turnier. Ich bin 2001er-Jahrgang, ich war ein Jahr mit Laura in der D-Jugend, das andere Jahr wieder eins höher. Ein paar Jahre habe ich gar keinen Fußball gespielt, das ist noch nicht so lange her, ich habe jetzt erst wieder angefangen, bei Union Frankfurt. In Lebus musste ich zwangsweise aufhören, ich war ein Jahr in der oberen Rotation und es gab keine Mannschaft, der Trainer hat uns zu Union Frankfurt vermittelt und seitdem spiele ich da. Vor Corona waren wir Kreisoberliga, jetzt sind wir Kreisliga.

Ich bin für Hertha BSC, als Lebuser kann man sich zwischen zwei Berliner Mannschaften entscheiden, bei manchen schlägt die Leidenschaft schon ins Extreme aus. Aber ich würde meinen, die Hertha-Fraktion ist größer. Man muss immer schauen, wer nach Berlin fahren kann, manche können nur zu den Montagsspielen, andere können da wieder nicht, das wechselt sich ab. Es geht ja jetzt erst wieder los. Ich fahr auch nur zu den Heimspielen, ich finde das Olympiastadion geil. Wenn man da reinkommt und das eröffnet sich vor einem in seiner ganzen Größe, dieser Augenblick ist atemberaubend!

Laura Köhne (Schwester von Wilm), Jahrgang 2003

„Gut ist in Lebus, dass man gemeinsam auf der Grundschule war und ich so viele Menschen zuordnen kann."

Man weiß, aus welchen Familien sie kommen, ob sie um die Ecke wohnen. Zu manchen habe ich immer noch Kontakt, was ich echt schön finde, weil es anhaltende Freundschaften sind. Von diesem Ländlichen hier bin ich schon immer ein Fan gewesen. Als Kinder konnten wir nackig über den Hof laufen, das geht in der Stadt nicht unbedingt. Man konnte zu jedem Nachbarn gehen, ich bin zum Beispiel mal zu einem Nachbarn, der hat mir ein Eis gegeben und ich hab gesagt: „Ich brauch aber noch zwei, weil ich doch zwei Geschwister habe". Und die habe ich auch bekommen.

„Ich lebe gerne auf dem Land."

Ich lebe gerne auf dem Land, ich mache deshalb auch eine Ausbildung zur tiermedizinischen Fachangestellten, ich liebe Tiere. Das wird drei Jahre dauern, ich habe im August bei unserer Tierärztin in Lebus angefangen. In der achten Klasse habe ich schon mein Praktikum bei ihr gemacht. Meine Großtante ist auch Tierärztin, da war ich auch mal für eine Woche und dadurch, dass wir zu Hause sehr viele Tiere haben, hat mich das schon immer interessiert. Wenn unsere Katzen werfen, bin ich diejenige, die sich drum kümmert. Ich liebe das und komme damit klar, obwohl meine Mama sagt, dass ich als Zweijährige beim Schlachten von Kaninchen dabei war und danach ein halbes Jahr kein Kaninchen gegessen habe. Das fand ich blöd, das hat sich aber gelegt.

Ich hatte als Kind ein Lieblingsschaf, das hatte ein zu kleines Herz, weil es als Lamm nicht genug Milch bekommen hatte. Später ist es durch die Stromzäune gerannt und musste geschlachtet werden, weil es immer abgehauen ist, leider. Das Schaf hatte ich selbst aufgezogen, es hat mir immer an der Nase genuckelt. Ich war ziemlich traurig, dass mein Vater es geschlachtet hat, aber es wäre wahrscheinlich sowieso gestorben, mein Onkel ist Schäfer und hat es geschlachtet und beim Ausnehmen gesehen, dass das Herz so klein war. Seitdem esse ich kein Lamm mehr. Das hat sich drei, vier Jahre lang durchgezogen, weil es mir auch einfach nicht geschmeckt hat. Mittlerweile traue ich mich da wieder ein bisschen ran. Schafsfleisch und Lammfleisch schmeckt ja nochmal anders als viele andere Fleischsorten. Unsere Hühner esse ich sehr gerne, weil ich halt weiß, dass sie ein gutes langes Leben hatten. Ich war letztens beim Blutabnehmen von Schweinen dabei und die quieken logischerweise, weil sie Angst haben und nicht wissen, was los ist. Ich war total geschockt, ich wusste es ja, aber jetzt überlege ich doch, woher welches Fleisch stammt. Das war eine gute Tierhaltung, aber wenn ich überlege, was in den meisten Wurstwaren drin ist – das ist wahrscheinlich nicht die schönste Haltung.

Der Mann hatte nur drei Schweine und das in einem Dorf. In die großen Mastanlagen geht meine Ärztin nicht mehr, sie ist auf Kleintiere spezialisiert: Haustiere, Hunde und Katzen. Früher war sie in großen Anlagen und hat auch mal Schafe betreut, aber das schafft sie gar nicht mehr. Es gibt auch Tierarztpraxen, die auf Großtiere spezialisiert sind, Pferde, Schweine usw. Wir haben alles da, zum Röntgen, zum Blutabnehmen, das muss zum großen Teil nicht mehr ins Labor, ich lerne auch, wie man Blut abnimmt und wie man die Zentrifuge bedient. Alle vier Wochen habe ich eine Woche Schule. Das ist nicht viel. Die Schule ist in Potsdam, mein Freund wohnt in Lichterfelde, das passt ganz gut.

„Was ich richtig schade finde, ist die doofe Busverbindung."

Meine Schulfreundinnen sind nicht mehr in Lebus, hier macht keiner eine Ausbildung. Eine ist nach Chemnitz gegangen, eine andere studiert in Potsdam. Viele sind in Frankfurt in der Lehre oder in Seelow. Ich werde hierbleiben. Wenn ich mich gut anstelle, würden sie mich gerne übernehmen. Darüber bin ich erstmal froh, wer weiß, wie sich meine Liebes- und Familienpläne später mal ändern. Ich bin ja grad achtzehn geworden.

Laura zeigt die Fotos von sich als Einlaufkind im Berliner Olympiastadion.

In Lebus habe ich als Kind Inlineskating gemacht, dann habe ich mit Fußball angefangen. Einmal war ich Einlaufkind im Berliner Olympiastadion, davon haben wir noch Fotos, die hängen bei uns im Flur. Ich bin auch für Hertha, wie Wilm, obwohl ich für Union eingelaufen bin. Das hat unsere Mannschaft damals organisiert, die hat ein Angebot bekommen. Wilm durfte nicht mit, er war schon zu alt. In meiner Schulzeit in Lebus hatten wir eine AG Line Dance, da war ich auch mal drin, aber was fehlt, ist eine Diskothek, wo man mit seinen Freunden chillen und tanzen kann. Man trifft sich trotzdem, aber das wäre was anderes. Und was ich richtig schade finde, ist, dass die Busverbindung so doof ist. Am Wochenende fährt der letzte Bus um 17.40 Uhr zurück. Ich würde sehr gerne mit dem Bus fahren, aber wenn die einfach nicht fahren, bin ich aufs Auto angewiesen. Seit ich mit meinem Freund zusammen bin, merke ich, wie schön das in Berlin ist, dass alle fünf bis zehn Minuten Busse und Bahnen fahren, ich kann hier dann eine Stunde warten. Wenn überhaupt noch was fährt.

Wir haben einen Basketballplatz, da treffen sich freitags viele Jugendliche und spielen gemeinsam. Eine Zeitlang gab es Volleyball und Tennis, aber den Tennisplatz haben sie leider beseitigt. Im Verein spielen die meisten Fußball. Wir haben eine Herrenmannschaft. Die jetzige Jungenmannschaft wurde mit Podelzig und anderen Orten zusammengelegt, weil es zu wenig Spieler gab. Ich habe fünf Jahre Fußball gespielt, von fünf bis zehn. Zwischendurch Inlineskaten, dann habe ich mit Handball angefangen und musste nach Frankfurt, weil es in Lebus keine Handballmannschaft gibt. So groß ist Lebus dann doch nicht. Ich bin viel bei meiner Freundin mitgefahren oder meine Eltern haben mich gefahren, ab und zu auch mal mit dem Bus. Als ich dann in Frankfurt auf die weiterführende Schule gegangen bin, bin ich manchmal direkt von der Schule zum Training gegangen oder vorher noch zu einer Freundin.

Ich hätte es richtig toll gefunden, wenn wir bis zur zehnten Klasse in Lebus gewesen wären, weil wir als Klasse noch mehr zusammengewachsen wären. Dann wäre der Kontakt zu vielen aus meiner alten Klasse auch noch da, wo er jetzt verloren gegangen ist. Dieses familiäre war auf der weiterführenden Schule leider nicht ganz so vorhanden. In der Grundschulzeit waren wir oft im Lebuser Museum unten, die Burgschule hatte einen Jahrestag, ich glaube zehn Jahre Burgschule, da haben wir mit meiner damaligen Klasse ein Lied geschrieben. Im Museum haben wir uns die Geschichte angeschaut – ehrlich gesagt, bin ich aber eher Sportler.

Mein Handballverein heißt HSV Frankfurt (Oder) und spielt in der Brandenburg-Liga, da sind wir mittelklassig. Ich spiele jetzt das erste Jahr Frauen, wir haben gerade wieder angefangen. Im September habe ich mein erstes Spiel, hoffentlich bleibt das so. Ich trainiere normalerweise dreimal die Woche, wenn ich das mit der Ausbildung schaffe, ich versuche es mindestens zweimal die Woche, das dritte Mal ist ein Bonus, wenn ich pünktlich Schluss habe, nicht zu kaputt bin und Lust habe. Samstags arbeite ich auch ein paar Stunden, da muss ich schauen, dass das passt mit den Spielen alle zwei Wochen.

Als ich klein war, haben wir mal ein paar Monate in der *Kirschallee* gewohnt. Meine Mama hat sich sehr gekümmert um Tante Gunte, als sie krank war, ich kann mich noch ein ganz klein bisschen an sie erinnern. Wir hatten auch sämtliche Familienfeiern dort, das Haus fand ich schon immer schön, ich mag alte Häuser. Das Holz und die Laube, die Schafe und dass es keine Spülmaschine gab und man immer abwaschen musste und wir uns als Kinder gestritten haben, wer abwaschen musste und wer abtrocknen. Wenn man da war, war es immer schön, da gibt es nur positive Verbindungen zum Haus und zu den Menschen, die man getroffen hat, und vor allem, dass meine Mama immer so glücklich ist dort. Deshalb hat sie ja auch eine Pension draus gemacht und das Haus nicht verkauft, weil es viel zu schade wäre. Das ist auch ein Stück Kindheit für sie, das unterstütze ich auf jeden Fall.

„Ich liebe das Fliegen über Lebus."

Zum Geburtstag hatte ich mir wieder einen Flug mit Haralds Trike gewünscht, ich liebe das Fliegen über Lebus! Ich find's cool, wenn Harald den Motor ausmacht und man dann nur so gleitet – das ist so ein cooles Gefühl! Das ist frei sein.

Laura als kleine Trike-Copilotin.

Die Trikeflieger bei Klessin.

Lebus von oben

Am späten Nachmittag bis in die Abendstunden kann es ganzjährig passieren, dass man ein lauter werdendes zweifaches Knattern hört und zwei Flugobjekte Lebus von Süden nach Norden überqueren sieht. Wie große Hummeln ziehen sie ihre Kreise, kommen tiefer und manchmal winken die Piloten oder ihre Tandemflieger. Dann sind Harald Schulz und sein Kompagnon mit ihren Trikes unterwegs und zaubern den Menschen ein Lächeln ins Gesicht. Einer der Piloten erzählt.

Harald Schulz, Jahrgang 1960

„Ich bin Quetschlebuser, sagt man dazu, wenn man im Krankenhaus in Frankfurt (Oder) geboren wurde."

In Lebus bin ich aufgewachsen, war hier im Kindergarten, zehn Jahre in der Schule und bin mit sechzehn zur Klavierbauer-Lehre nach Eisenberg in Thüringen. Mit neunzehn übernahm ich den Betrieb von Orgelbauer Günter Schulze in Eberswalde und war plötzlich der jüngste Gewerbetreibende der DDR – das war jugendlicher Leichtsinn. Ich habe viel Lehrgeld bezahlt, den ganzen Schriftkram und das Betriebswirtschaftliche hatte ich ja nicht gelernt. Und ich bekam die Auflage, innerhalb von drei Jahren die Meisterprüfung zu machen, sonst wäre ich das Gewerbe wieder losgeworden. Dazu kam noch die Armeezeit, anderthalb Jahre bei der Pfefferminzarmee (Bereitschaftspolizei) in Eisenhüttenstadt – eine furchtbare Zeit! Wir waren für den Laien kaum von der Volkspolizei zu unterscheiden, man sah es nur an den Schulterstücken. Beim Kirchentag in Frankfurt waren wir zum Beispiel ein paar hundert Leute, weil man oben dachte, die Kirchenleute würden alles ins Wanken bringen, sie hatten bei uns mehr Angst als Vaterlandsliebe.

An Lebus mag ich die Lage, es gibt wenig Orte, die so schön sind. In Falkenhagen oder Oderberg hast du noch ähnliche Bedingungen, die liegen am Wasser und sind hügelig. Mich hat es wieder hergezogen, ich hatte eine super Kindheit hier, kannte alle Nachbarn. Das bröckelt jetzt so ein bisschen, es ändert sich eben. Lebus verkommt so ein bisschen zur Schlafstadt von Frankfurt. Wer hier ein Grundstück kriegt, baut, aber alles andere spielt sich in Frankfurt ab – Arbeit, Einkaufen, Schule. Viele haben gar nichts mehr mit Lebus zu tun, kommen nur zum Schlafen her. Und schimpfen, wenn einer rüberfliegt! Aber Ausnahmen bestätigen die Regel, bei mir in der Straße sieht man sich, kennt die Leute. Zwei-, dreimal habe ich schon ein Straßenfest organisiert, da waren wir hundert Leute, ich bin zu jedem Haus hin und hab eine Einladung verteilt. Jeder musste Getränke mit für sich und für den Nachbarn mitbringen, es kamen viele. Das wurde von den Nachbarn, auch den neuen, angenommen. Wir haben schön gesessen und gesungen, das war gut, man geht dann anders miteinander um.

Der DEFA-Dokumentarfilm „Geschichten vom 30. Frühling" (Regie: Bodo Petersen) wurde 1975 in Lebus gedreht. Über die Arbeitsgemeinschaft der Jungen Historiker an unserer Schule kam es dazu, dass ich dabei war. Der Film erzählte vom Kriegsende in Lebus und den russischen Soldaten, wie sie hier gekämpft und später die Minen geräumt haben. Und was wir Kinder dazu rausgefunden hatten. Im Vorgespräch hatte mir das Drehteam gesagt: „Aber du machst doch Konfirmation, dann darfst du da nicht mitmachen". Und ich mit meinen dreizehn Jahren wollte ein großer Filmstar werden, bin also nach Hause und hab erzählt, dass ich nicht mitmachen darf. Der Regisseur kam und meine Eltern setzten mir die Pistole auf die Brust: „Du kannst machen, was du willst, entscheide dich. Entweder Jugendweihe oder Konfirmation". Das hat mich sehr mitgenommen, eine meiner schwersten Entscheidungen. Im Nachhinein fand ich das cool – meine Eltern überließen mir die Entscheidung, aber sagten, du kannst nur eins machen. Ich habe mich für die Konfirmation entschieden. Und dann haben sie mich trotzdem genommen für den Film! (*lacht*). Mir erschienen die Dreharbeiten sehr lange, das muss über Wochen gegangen sein. Wir waren mehrere aus meiner Klasse, es wurde nichts vorher abgesprochen, nur die Richtung etwa. Es wurde viel weggeschnitten, trotzdem ist es etwas peinlich. Ich guck mir das nicht nochmal an.

Harald Schulz mit dreizehn Jahren im Film „Geschichten vom 30. Frühling".

Im Film klingt heute einiges nach muffiger Propaganda, aber es sind atemberaubende Szenen der Oderlandschaft abgefilmt. Harald Schulz sagt im Film über Lebus: „Wir haben hier alles, was man sich wünschen kann, wir haben Gewässer wie die Oder, wir haben Berge, wo man rumklettern kann und Wälder, wo man rumstrolchen kann. Ne bessere Landschaft können wir uns gar nicht wünschen."

Hermann Peisert war Junglehrer in Lebus, seine Arbeitsgemeinschaft Junge Historiker hat über Jahrzehnte bestanden. Bei mir hat es dazu geführt, dass ich mich zu Hause an den Tisch gesetzt habe und dachte, jetzt weiß ich was, da kann ich mal was erzählen. Wie das so nach dem

„Ne bessere Landschaft können wir uns gar nicht wünschen."

Krieg hier war, in Lebus. Da bin ich genau an die Richtigen geraten. Ich war fünfzehn etwa, da hat mein Großvater, der ein ganz ruhiger Typ war, gemeint: „Jetzt komm mal zu mir und ich erzähl dir mal was. Dann hörst du mal zu und was du jetzt hörst, behältst du für dich." Mein Großvater war zu Heiligabend 1945 wieder zurückgekommen nach Lebus, aus englischer Kriegsgefangenschaft. Er war Baujahr 1911 und die meisten aus diesem Jahrgang waren in Stalingrad, die sind fast alle umgekommen. Er hatte sich kurz vor Stalingrad in einem Schuppen versteckt und plötzlich war der weg – er war voller Granatsplitter und kam zurück ins Lazarett. So hat er überlebt. Er kam in eine Munitionsfabrik, später in englische Gefangenschaft und ist Heiligabend ganz dramatisch wieder hier bei seiner Frau gelandet. Und mein Großvater und meine Großmutter haben mir erzählt, wie die Frauen hier die Leichen umgebettet haben, als der Friedhof eingerichtet wurde. Ich bin ganz still geworden.

Wir hatten Munitionskunde bei Herrn Peisert. Wir sind ja immer hinter dem Traktor hergelaufen und haben Steine rauf geschmissen. Im Laufe der Jahrzehnte kommen die Patronen wieder hoch und werden dabei mit ausgepflügt. Wir haben alles eingesammelt und auf den Trecker geworfen. Es ist ja genug passiert. Einmal war ne Granate dabei, die Leute haben es nicht gewusst und die auf einen Hänger geworfen und wupps. Deswegen sollten wir wissen, wie sieht so ein Ding aus, wie ist das aufgebaut? Es gab auch ganz gemeine Minen, die waren nicht aus Metall und wurden deswegen nicht gefunden. Die waren aus Holz, wenn man da drauftrat, peng. Das war spannend für uns.

Meine Schule war der Flachbau, wo heute Hort und Kindergarten drin sind. Die ist eingeweiht worden, als ich in der zweiten Klasse war. In der ersten Klasse war ich noch unten, dann sind wir in den Flachbau nach oben gezogen und ab sechste Klasse wieder runter. Der Sohn vom Namensgeber Pawlenko war mit seiner ganzen Familie hier, das wurde groß gefeiert. Hermann Peisert hatte ein richtiges Händchen dafür, was Feste anging. Es wurde gesungen, unsere Lehrer hatten einen Pawlenko-Marsch geschrieben und wir haben einiges für die Familie vorbereitet.

Ich spiele in der Band Schwärzefüße, das ist meine Pappnasenband. Wir sind zu dritt, Bernd spielt Bass, unser Vortänzer macht Keyboard, Gitarre und singt. Ich wollte mal in einer Band spielen, wo ich nicht viel üben brauche, Stube, Kammer, Küche – drei Griffe. Eigentlich kommen wir aus dem Karneval, in Eberswalde lief das großartig. Wir waren schon 21-mal im Fernsehen in Brandenburg, weil keiner so'n Zeug macht, „Politik und weißer Käse“ hieß das Programm. Außer dem musikalischen Kabarett übersetzt unser „Professorchen“ neuerdings auch Titel von Rod Stuart, von den Stones und anderen sinngemäß ins Deutsche und da ist Lustigkeit angesagt! Was da so rauskommt – was für schöne Melodien so einen Shit-Text haben! Wahrscheinlich ist das was fürs ältere Semester, aber auch bei den Jüngeren geht das weiter mit dem Schlager. Das sind herrlich blöde Texte. In der Band bin ich der Jüngste, ich muss immer Bier holen.

Mit zwölf, dreizehn war ich in Frankfurt in der Bezirksmusikschule und für deren Sinfonieorchester gab es nicht genug Leute, also haben sie sich mit Zielona Góra kurzgeschlossen und das deutsch-polnische Jugendsinfonieorchester gegründet. Dann waren wir fünfzig oder gar sechzig Leute, hatten einen polnischen und einen deutschen Dirigenten, haben deutsche und polnische Stücke gespielt. Alle vier Wochen hatten wir eine gemeinsame Probe, einmal sind wir nach Polen gefahren mit dem Bus und ich habe schulfrei gekriegt und nach vier Wochen kamen die Polen zu uns. Das heißt, ich war alle zwei Monate drüben in Polen, das war aufregend! Wir haben zusammen musiziert, bis ich aus der Schule gekommen bin.

Zu Polen hin war es an sich wie eine Mauer in Lebus, wir hatten gar nichts miteinander zu tun, man durfte über Jahre nicht rüber und die Alten hatten nicht die beste Meinung. Für mich begann mit dem Orchester eine tolle Zeit, es gab einen starken Zusammenhalt, mit einigen polnischen Freunden bin ich heute noch in Kontakt. Wir haben sogar im alten Friedrichstadtpalast gespielt, auf der Drehbühne, da wurden vierzig von uns raufgequetscht. Das waren großartige Begegnungen und ich muss sagen, ich habe die Polen bewundert. Wenn wir auf Busreisen gewesen sind, zum Beispiel nach Zakopane ins Orchesterlager, da hat einer von den Polen die Klarinette rausgeholt, ein anderer den Bass und ein dritter die Geige – und dann haben alle gespielt! Wir haben das so nicht gelernt, aus der Lamäng zu musizieren, das war toll und faszinierend für mich. Musik ist länderübergreifend, das verbindet halt.

Ich bin über meinen Onkel zum Fliegen gekommen, der war Segelflieger in Eisenhüttenstadt und hatte seinen Schein zu Ostzeiten gemacht. Ein paar Mal war ich mit auf dem Platz, hab mich immer dafür interessiert, was fliegt. Das fand ich großartig. Später war ich selbständig und hatte eigentlich nie ein Hobby. Und nach der Wende war er Fluglehrer und Gitarrenlehrer, hat Melioration studiert und kam immer mit einem Ultraleichtflugzeug. Ich habe immer gefragt: „Wann nimmst du mich denn wieder mit?“ Irgendwann muss es ihm gereicht haben und er hat gesagt: „Du bist doch groß, du bist schon vierzig. Du kannst deinen Flugschein machen und dann kannste fliegen, solange wie du willst.“

Vor einundzwanzig Jahren habe ich also meinen Flugschein gemacht, für Gleitschirmfliegerei. Jetzt mache ich Motorparagliding. Ich habe ein Motorschirm-Trike. Das sind dreirädrige Geräte mit einem Gleitschirm, es wird von einer Firma in Hannover gefertigt. Die Firma hat einen großen Wurf damit gemacht, in Deutschland fliegen vielleicht 150 und weltweit verstreut sind es an die 600 Geräte. Die sind Marktführer, das machen nicht viele. Hier fliegen wir zu zweit, mein Kumpel Thomas und ich. Das ist ein schöneres Gefühl, ich kann mich unterhalten über Funk und wenn wirklich mal einer runter muss, aus welchen Gründen auch immer, weiß der andere, wo er ist und kann das Auto holen. Einmal ist eine Kerze ausgefallen und wir mussten landen, sonst ist noch nie was Brenzliges passiert. In meinen zweitausend Flugstunden ist mir drei-, viermal was passiert, eine Situation, die nicht mit dem Gerät zusammenhing, sondern immer mit der Dummheit des Piloten. Das Nichtrichtigeinschätzen der Wetterlage zum Beispiel. Man will fliegen, man will fliegen und dann kommt doch watt. Da bleibt man lieber unten.

Ich könnte jeden Tag fliegen. Morgens guckt man schon als erstes: Wie wird das Wetter? Manchmal ist es auch gut, einen Tag nicht zu fliegen. Ich habe auch gedacht, dass mir das mal über wird. Zwanzig Jahre mach ich das jetzt, aber nein, es ist mir noch nie zu viel geworden. Komisch, ist wohl doch ein bisschen Suchtpotenzial drin. Wenn man vierzehn Tage nicht fliegt, wird man ungehalten.

Wenn ich auf dreihundert Meter unterwegs bin, fühle ich mich frei. Man bekommt einen anderen Blick auf die Sache. Ich kann mich noch dran erinnern, als ich angefangen habe, zu fliegen, da ist das eigene Haus wie ein

Magnet. Man möchte immer rüber fliegen. Wieviel Mühe und Unternehmen da drinsteckt, was musste man alles bewältigen, um dieses Haus fertig zu haben – ich habe ja noch gebaut wie zu DDR-Zeiten und dann ist man endlich drin. Und jetzt fängt man an, zu fliegen. Bei fünfzig Metern ist es noch relativ groß und wird dann immer kleiner und noch kleiner und wenn man auf dreihundert Metern ist, dann ist es so groß wie eine Ameise. Nichts mehr. So viel sind die Probleme wert. Die werden anders, wenn man fliegt. Man geht davon weg. Vielleicht macht mir das gute Laune. Meine Mutter hat immer gesagt: „Einen Menschen zum Weinen zu bringen, ist keine Kunst. Aber bring mal jemanden zum Lachen!" Das ist schwieriger. Und so hat sich mein Leben aufgebaut, mir gings auch gut, ist wirklich gut gelaufen.

„Wenn ich fliege, sehe ich keine Grenzen, da ist nur der Fluss dazwischen, der die ganze Sache trennt."

Wenn ich fliege, sehe ich keine Grenzen, da ist nur der Fluss dazwischen, der die ganze Sache trennt. Großvater hat noch gesagt, alles, was hinter der Oder liegt, das sind gar keine Polen, weil das im Zweiten Weltkrieg so komisch getauscht wurde, aber ich habe viele Freunde da. Ich habe noch nie Probleme gehabt, nach dem Schengener Abkommen darf ich rüber fliegen und umgekehrt genauso. Nur wenn ich drüben lande, muss ich mich anmelden. Das kann man über Funk machen – wenn man englisch könnte – sonst ist das kein Problem.

Die Grenzflüge mit den Tornados sind zum Glück eingestellt, da hatte ich mal einen großen Schreck gekriegt. Weil die so tief fliegen, die sind immer die Grenze entlang geflogen. Die sagen natürlich auch nicht, wann und wie hoch die fliegen. Und wenn so ein Tornado kommt, ist man ein toter Mann. Wenn die vorbeidonnern, weiß ich nicht, ob die mich sehen. Das habe ich mit meinem Kumpel erlebt. Wir sind geflogen und ich guck so rüber zu ihm, er flog etwas weiter unten und auf einmal sehe ich da einen schwarzen Punkt und ich sage über Funk „Thomas, guck mal, guck mal, guck mal..." Tschumm, zack, war der schon vorbeigeflogen. Vielleicht einen halben Kilometer entfernt. Da ging mir die Muffe. Das ist ja Sichtflug, wie im Straßenverkehr, ich muss aufpassen, wer von wo kommt. Diese Grenzflüge haben sie so ziemlich eingestellt, wollen aber wieder anfangen. Naja, ich werde trotzdem weiterfliegen.

Sicht auf Lebus – aufgenommen von Harald Schulz im Sommer 2021.

KLEINE STADTCHRONIK LEBUS

- **Zwischen 1100 - 500 v. Chr.** Befestigungsanlagen auf dem ca. 550 Meter langen und bis zu 100 Meter breiten Bergrücken an der breiten Oderfurt, bedeutender Handelsweg zwischen Flandern und Kiew, Volksburgen der Aurither- und Göritzer Kultur, Aufgabe dieser Anlagen zur Mitte des 1. Jahrhunderts v. Chr.
- **Nach Abzug der Germanen** neue Befestigung zu Beginn des 9. Jahrhunderts durch die einwandernden Slawen, Anlage der Hauptburg des Stammes der Leubuzzi, des östlichsten Stammes der Wilzen. Seither ist der Name der Burg als Lubus, Lebuz oder Lebus überliefert. Um 925 Zerstörung der Burg.
- **Wiederaufbau der Burg als Kastellanburg um das Jahr 1.000** durch den polnischen Piastenstaat (1000 – 1250), Lebus wird Verwaltungszentrum der polnischen Herrschaft. Es entsteht eine Fischer- und Dienstleistungssiedlung im Kietz.
- **Bolesław III. Schiefmund gründet 1125** das Bistum Lebus als Suffragan des Erzbistums Gnesen. Lebus erhält eine Kathedralkirche auf dem Burgberg, geweiht dem Heiligen Adalbert von Prag.
- **Lebus wird zu einem politischen und wirtschaftlichen Zentrum** an der Oder, erhält um 1226 vom Piasten-Herzog Heinrich I. das Stadtrecht und wird Bistumssitz. Der Burgberg wird in einem Teilungsvertrag von 1249 als obere, mittlere und untere Burg bezeichnet.
- **Mitte des 13. Jahrhunderts** erobern die Askanier als Markgrafen von Brandenburg Lebus, regieren es ab 1249/50 als Kondominium zusammen mit dem Erzbischof von Magdeburg und sind seit 1287 alleinige Herren der Burg wie auch des Landes Lebus.
- **Der Bischofssitz wird 1276** nach Göritz/Oder (heute Górzyca) verlegt, als Kathedralkirche dient im 14. Jahrhundert die Peterskirche mit dem Grab Heinrichs II. unterhalb der Burg Lebus. Mit der Verlagerung des Bischofssitzes nach Fürstenwalde 1373 verliert die Stadt ihre Bedeutung, das Bistum behält den Namen Lebus bis zur Säkularisation bei.
- **Die Gründung von Frankfurt (Oder) 1253** mit den damit verbundenen Privilegien beeinträchtigt die weitere Entwicklung von Lebus, welches 1354 an den Bischof fällt.
- **Nach der Schlacht bei Müllrose am 10. April 143**2 wird das in seiner Bedeutung schon stark geschmälerte Lebus am 14. April durch eine Abteilung des Hussitenheeres geplündert und völlig zerstört.

- **1555** wird das Bistum säkularisiert. Seitdem verfällt die Burg, Zerstörungen der Stadt im 30-jährigen und 7-jährigen Krieg sowie mehrere Brände folgen, 1765 werden die Reste der Burg abgetragen. Seit dem 18. Jahrhundert trägt die Siedlung dörflichen Charakter.
- **Ab 1719** Beginn der Odereindeichung.
- **1801/1806** Stadtbrand, Plünderung durch Franzosen.
- **1857** Inbetriebnahme der Eisenbahn Frankfurt–Lebus–Küstrin (Ostbahn).
- **Anfang des 20. Jahrhunderts** Auflösung der Domäne Lebus, Parzellierung des Landes durch die Landgesellschaft „Eigene Scholle". Bevölkerungszuwachs von ca. 35%. Zeitweise gibt es in der Stadt 33 Gärtnereien.
- **1923** Unterschutzstellung der Oderhänge.
- **1938** Beginn der Ausgrabungen zur Erforschung der Lebuser Burgberge durch Professor Wilhelm Unverzagt, Unterbrechung von 1943 bis 1959, ab 1960 bis 1973 Fortsetzung der Grabungen.
- **1945** Belagerung, Eroberung und weitgehende Zerstörung der Stadt Lebus bei Kampfhandlungen an der Oder. Verlust des Stadtteils Lebus rechts der Oder.
- **Nach 1945** Minenräumung, Wiederaufbau, Bodenreform.
- **Der Landkreis Lebus wird 1950** in Kreis Seelow umbenannt und kommt 1952 nach Abschaffung der Länder in der DDR zum Bezirk Frankfurt/Oder.
- **1952** Einweihung des Kulturhauses.
- **1990** wird der Landkreis Lebus Teil des neu konstituierten Landes Brandenburg.
- **Am 1. Juli 1992** schließen sich die Stadt Lebus, ihre Ortsteile Mallnow, Schönfließ und Wulkow sowie die Gemeinden Podelzig, Reitwein, Treplin und Zeschdorf zum Amt Lebus mit Verwaltungssitz in Lebus zusammen.
- **Im Zuge der Kreisreform 1993** kommen die Stadt und das Amt Lebus zum neugebildeten Landkreis Märkisch-Oderland.
- **1997** Jahrhunderthochwasser.
- **2001** 775-Jahrfeier der Stadt Lebus.
- **2006** Eröffnung des Museums Haus Lebuser Land.
- **1999/2013** Altstadtsanierung, 2012/13 Neugestaltung des Turmberges.

Die Autorin:
Anne Hahn, geboren 1966 in Magdeburg, lebt seit 1999 in Berlin, Studium der Germanistik und Geschichte an der HU Berlin. Autorin und Subkulturforscherin, veröffentlichte u.a. drei Romane (zuletzt: Das Herz des Aals, Ventil-Verlag, 2017) und mehrere Sachbücher (zuletzt mit Frank Willmann: Vereint im Stolz – Fußball, Nation und Identität im postjugoslawischen Raum, bpb 2021).

Bildnachweis:
Anne Hahn: S. 5, 6, 11, 15, 16, 20, 23, 24/25, 26, 28, 31, 35, 36, 37, 44/45, 46, 47, 50, 57, 58/59, 60, 63, 67, 71, 75, 79, 80, 82/83, 84, 86/87, 90, 91, 93, 94/95, 96, 98, 101 (unten), 105, 112, 120/121, 123, 127, 131, 132, 141, 142/143, 144 (oben), 147, 151, 154/155, 157 (Screenshot aus dem DEFA-Film „Geschichten vom 30. Frühling"), 165; Archiv Antje Köhne: S. 18, 101 (oben), 102, 103, 114/115, 135, 153 (Foto: Harald Schulz); Archiv Museum Lebus: S. 19, 39, 48/49, 49, 54, 77, 107, 117, 128, 144 (unten); Archiv Dolf Tillack: S. 53; Archiv Marta Kalinowska: S. 88, 89; Archiv Urs Walter: S. 136, 137, 139; Archiv Harald Schulz: 162/163; Annett Gröschner: S.167
Cover: Fotografie von Anne Hahn